EL PODER SUPERIOR DE LUCKY

Susan Patron

EL PODER SUPERIOR DE LUCKY

Traducción de Alberto Jiménez Rioja
Ilustraciones de Núria Feijoo

noguer

El papel utilizado para la impresión de este libro es cien por cien libre de cloro y está calificado como **papel ecológico.**

Título original
The Higher Power of Lucky
© del texto: Susan Patron, 2006

Ilustraciones de Núria Feijoo, 2011
© de la traducción: Alberto Jiménez Rioja, 2011
© Editorial Noguer, S. A., 2011
Avda. Diagonal, 662-664, 08034 Barcelona

Primera edición en esta colección: febrero de 2011

ISBN: 978-84-279-0120-9
Depósito legal: M. 48.982-2010
Impreso por Brosmac, S. L.
Impreso en España - Printed in Spain

Para René

ÍNDICE

Capítulo 1 ∽
Escuchar a escondidas

LUCKY TRIMBLE ESTABA de cuclillas a la sombra del contenedor. Tenía la oreja pegada a un agujero que había en la pared desconchada del Centro de Información y Museo de Móviles Sonoros de Objetos Encontrados de Pote Seco, y escuchaba contar a Sammy *el Bajito* cómo tocó fondo, cómo dejó de beber y encontró su Poder Superior. De todas las historias sobre tocar fondo que Lucky había oído en las reuniones de anónimos de los doce pasos —alcohólicos, jugadores, comedores compulsivos y fumadores—, la que más le gustaba era la de Sammy *el Bajito*.

Sammy hablaba de la mañana en que se bebió dos litros de ron escuchando a Johnny Cash en su aparcado Cadillac del 62 y del momento en que salía del coche y se cayó, al ver que en el asiento del pasajero una serpiente de cascabel mordía a su perro *Roy* en el escroto.

Lucky guardó el equilibrio apoyando una mano sobre el agujero del que brotaba la voz de Sammy. Con la otra se retiró del cuello el ensortijado pelo. Vio en las proximidades dos pajarillos negros que resollaban como perros a causa del calor, los picos abiertos, las plumas hinchadas. Pegó la oreja al agujero, porque Sammy bajaba la voz al acercarse al trágico desenlace del relato.

Pero Sammy *el Bajito* no se limitaba a contar así sin más la mejor parte. Para alargarla y aumentar el suspense, cambiaba de tema y hablaba de los viejos tiempos, cuando estaba sin blanca y no podía comprar ron, y no le quedaba otro remedio que fabricar licor casero con pasas de las cajas de cereales y cualquier clase de fruta que consiguiera arramblar. Lucky había advertido que esa forma suya de dar rodeos mantenía el interés de la gente, aunque la historia durara así un poco más que si la contara cualquier otro.

Lucky se levantó con las corvas y el cuello sudorosos y se recogió los mechones de pelo, que aplastó bajo su sombrero. Colocó en su trozo de sombra una vieja silla de jardín de tiras de plástico raídas y comprobó que no se derrumbaría bajo su peso. Las moscas se acercaron a ella, pequeñas pero insoportables, y Lucky las espantó con el recogedor de plástico. El contenedor despedía oleadas de calor.

Hubo un breve silencio interrumpido tan sólo por el tembloroso compás del ventilador de techo y el rebullir de gente en las sillas metálicas plegables. Lucky sabía de sobra que, igual que ella, los demás ya habían oído contar la historia de cuando Sammy *el Bajito* tocó fondo, y que les encantaba su mérito y su brillantez tanto como a ella, aunque fuese difícil imaginarse a Sammy *el Bajito* de borracho. Su voz sonaba como si no pudiera soportar lo que venía a continuación.

—Mi *Roy*... ése sí que era un perro valiente, tío —dijo. Sammy llamaba «tío» a todo el mundo, incluso a los que, como Lucky, no lo eran—. Mató a la cascabel, a pesar de que ella le había mordido en el peor sitio para un macho. ¿Y qué hice yo? Pues salir corriendo y caerme del Cadillac. Me rompí un diente, me corté en la mejilla, me puse un ojo morado y hasta me torcí un tobillo, pero estaba tan borracho, tío, que ni me enteré; no hasta mucho después. Entonces perdí el conocimiento. Al día siguiente me desperté en el suelo, con arena en la boca y muerto. Quiero decir que creí que me había muerto, tío, pero, como me sentía tan mal y estaba tan avergonzado, supuse que seguía vivo. Debajo del coche había una serpiente de cascabel, y sangre, sangre a porrillo; yo no sabía si era mía o de *Roy* o de la serpiente. *Roy* no estaba. Lo llamé... y nada. Me figuré que después de salvar mi estúpida vida se había ido a morir por ahí. Habría cuarenta grados a la sombra, tío, el mismo calor que ahora, pero yo tenía tanto frío que no dejaba de temblar.

Las manos de Lucky olían a metal, como los finos brazos de la silla de jardín; las sentía pegajosas. Se echó el sombrero hacia atrás, y el aire le refrescó el sudor de la frente.

—Hice un trato conmigo mismo —prosiguió Sammy—.

El trato era que si *Roy* estaba bien, yo dejaba de beber, me hacía de AA, me desenganchaba.

Lucky retiró su pierna desnuda de una tira puntiaguda que sobresalía de la silla. Cada vez que Sammy *el Bajito* llegaba a esa parte de la historia, Lucky pensaba en la clase de trato que haría ella consigo misma si tocara fondo. Si, un suponer, ignorara si su perrita *HMS Beagle* seguía con vida o estaba muerta, tendría que llevar a cabo algo difícil y drástico de verdad para cumplir su parte del trato. Y lo mismo ocurriría si, un suponer, su tutora la abandonara y se marchara porque ella hubiera hecho algo horrible. La diferencia entre una tutora y una mamá real es que una mamá no puede renunciar. Una mamá se compromete a trabajar de por vida. Pero una tutora como Brigitte podía decir sin más: «Bueno, ya no puedo más. Me vuelvo a Francia pero ya. *Au revoir*». Y la pobre Lucky se quedaría allí sola, en la caravana cocina, tocando fondo. Y entonces tendría que buscar su propio Poder Superior y hacer un inventario moral profundo y valiente de sí misma, como hacían Sammy *el Bajito* y los demás anónimos.

—En ese momento —continuó Sammy *el Bajito*— mi mujer volvió con su coche. Yo ni me había dado cuenta de que se había ido, tío. Cuando llegó, yo seguía allí tirado como un fardo. Ella se bajó, pero no hizo ningún comentario sobre mi estado. Lo único que dijo fue: «He llevado a *Roy* al veterinario de Sierra City». Hablaba con mucha calma, como si no estuviera enfadada ni nada. Dijo: «Está a ochenta kilómetros de aquí, y he tardado media hora en llegar. Ha sido el peor viaje de mi vida, Sammy, gracias a ti. Pero *Roy* está bien porque he llegado a tiempo de que el antídoto le hiciera efecto». Después entró en casa y salió con sus maletas, que debía de tener preparadas de la noche anterior; también llevaba los platos para el agua y la comida de *Roy*. Sólo me dijo: «No me llames». Ahí toqué fondo, tío. Así que eché el cierre. Y aquí estoy.

Hubo aplausos; Lucky sabía que a continuación pasaban el sombrero para la colecta. Era un poco decepcionante que ese día nadie hubiera explicado cómo encontró su Poder Superior, tema que interesaba a Lucky de manera especial.

No comprendía por qué costaba tanto encontrarlo. Los anónimos hablaban a menudo de ejercer control sobre sus vidas por medio del Poder Superior. A sus diez años y medio, Lucky pensaba que no ejercía control alguno sobre su vida —en parte porque aún no era adulta—, pero estaba segura de que si encontrara su Poder Superior, sabría cómo hacerlo.

Las sillas chirriaron cuando la gente se levantó. Ahora venía la breve plegaria. A Lucky le gustaba porque allí en Pote Seco, California, no había iglesia ni sinagoga ni nada por el estilo, así que el Centro de Información y Museo de Móviles Sonoros de Objetos Encontrados era lo más similar. Aquello anunciaba el fin de la reunión y el momento en que ella debía desaparecer a toda prisa. Ya había acabado su trabajo, consistente en barrer la basura del patio delantero: latas de cerveza aplastadas y envoltorios de dulces de la reunión de Jugadores Anónimos del día anterior. Era poco probable que alguien se acercara al contenedor situado detrás del museo, pero podía ocurrir. Lucky debía apresurarse, pero debía apresurarse despacio, para no hacer ningún ruido.

Dejó el recogedor y el rastrillo apoyados en la pared y escondió la silla detrás del contenedor. Al día siguiente, sábado, libraba. Así que el domingo por la tarde, antes de la reunión de Fumadores Anónimos, debía limpiar de nuevo el pequeño patio del museo. Allí era donde los anónimos se sentaban a conversar después de las reuniones. La gente anónima dejaba un montón de basura, y cada grupo era incapaz de soportar las colillas o las latas o los envoltorios de golosinas del grupo que celebraba la reunión anterior. Eso era porque estaban recuperándose. Los alcohólicos en recuperación detestaban ver u oler las latas de cerveza que dejaban los fumadores y los jugadores en recuperación; los fumadores en recuperación no soportaban las colillas que dejaban los bebedores en recuperación; y los comedores compulsivos en recuperación aborrecían los envoltorios de golosinas que dejaban los bebedores, los fumadores y los jugadores en recuperación. Gracias a lo cual, Lucky tenía un empleo —un empleo genial—, ya que, salvo por el trabajo de la Bisutería y Salón de Belleza de Dot y el de clasificación del correo en la oficina postal del Capitán, era el único trabajo pagado del pueblo.

Mientras luchaba con las correas de la mochila de supervivencia que siempre llevaba encima y correteba por el riachuelo seco que conducía a casa, Lucky pensó en una cuestión que la historia de Sammy *el Bajito* había grabado en un resquicio de su cerebro. Lucky se figuraba que sus hendiduras y pliegues cerebrales, llenos casi todos ellos de interrogantes y preocupaciones, eran tantos, que su cerebro extraído de su cabeza y aplanado ocuparía un espacio enorme, como de una cama de matrimonio.

La cuestión del escroto del perro de Sammy *el Bajito* se le incrustó en esa precisa hendidura cerebral mientras se abría paso por los enclenques arbustos del cauce seco. Aunque podía preguntarle a Sammy casi cualquier cosa y a él no le importaba, nunca le haría preguntas sobre la historia de *Roy*, porque eso sería reconocer que la había oído. Si le preguntara por *Roy*, Sammy sabría que ella había escuchado a escondidas las reuniones anónimas de los doce pasos.

«Escroto» le sonaba a Lucky a algo que te sale cuando tienes gripe y toses mucho. Le sonaba a médico y secreto, pero también a algo importante, y se alegró de ser una chica y de no tener lo del escroto en su cuerpo. Muy en el fondo pensaba que quizá estuviera interesada en ver uno real, pero al mismo tiempo —y en esto el cerebro de Lucky era muy complicado— estaba segurísima de que no quería verlo.

Cuando llegó al semicírculo de caravanas que era su hogar, se había levantado una ligera brisa. La primera de todas era su pequeña caravana de aluminio brillante con forma de lata de jamón, donde ella y *HMS Beagle* dormían. A continuación se hallaba la larga caravana cocina-comedor-baño y, por último, la Westcraft dormitorio de Brigitte. En vez de tener ruedas y estar enganchadas a coches que tiraran de ellas,

las tres estaban montadas sobre bloques de hormigón; además, estaban ancladas al suelo con cables metálicos para evitar que las tormentas de viento las derribaran. Lo mejor era que podías pasar de la lata de jamón de Lucky a la Westcraft de Brigitte sin tener que salir al exterior, porque habían recortado unas puertas donde las caravanas se tocaban y las habían comunicado soldando planchas de metal para enlazar los tres vehículos; estaban tan bien unidos que ni un ratón hubiera podido encontrar la menor grieta.

HMS Beagle salió dando saltos de debajo de la caravana cocina para oler a Lucky y averiguar de dónde llegaba. En inglés, «HMS» son las siglas de «His Majesty's Ship» (Barco de Su Majestad) y *Beagle* significa «sabueso». El *HMS Beagle* original fue un bello navío gracias al cual el científico Charles Darwin hizo emocionantes descubrimientos por todo el mundo. La perrita de Lucky —que no era un barco ni un sabueso— debía su nombre a que siempre acompañaba a su dueña en sus correrías científicas. Además, *HMS Beagle* era preciosa, tenía un pelaje marrón muy corto, pequeñas cejas perrunas que se movían cuando pensaba, y grandes y finas orejas que dejaban ver las venas al ponerlas al trasluz.

La brisa hizo sonar los móviles sonoros de objetos encontrados del Centro de Información y Museo de Móviles Sonoros de Objetos Encontrados, y el aire del desierto transportó el sonido por todo el pueblo y lo llevó hasta las tres caravanas de la otra punta de Pote Seco. El mero tintineo de aquellos móviles hizo que Lucky sintiera fresco. Pero seguía albergando dudas y angustiosos interrogantes en todas las hendiduras del cerebro, sobre todo respecto al asunto de encontrar su Poder Superior.

Lucky sabía que, si lo encontrara, sería capaz de diferenciar las cosas que podía cambiar y las que no, como decía la breve plegaria de la gente anónima. Porque a veces Lucky quería cambiarlo todo, todo lo malo que había ocurrido, y otras veces quería que todo siguiera siempre igual.

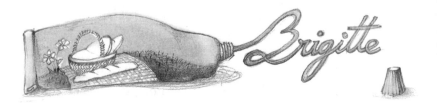

Capítulo 2 ⌒
Brigitte

LAS VIEJAS SANDALIAS de cuero de Brigitte estaban en el escalón externo de la caravana cocina, razón por la cual *HMS Beagle* había estado esperando bajo el vehículo. Tanto Lucky como *HMS Beagle* sabían que el calzado en el escalón significaba que Brigitte acababa de fregar el suelo y no quería que la perrita lo llenara de arena. En el interior, Brigitte estaba descalza en el otro extremo, metiendo toallas sucias en la lavadora y hablando por teléfono en francés.

Lucky dejó su mochila de supervivencia en el suelo, junto a la mesa abatible. La caravana olía a cera para suelos y a huevos duros y al ramo de salvia del jarroncito del fregadero. Brigitte siempre limpiaba el suelo descalza. Lucky le miró los pies y le pareció que estaban formados por muchos más huesos que los de otras personas; sus tobillos eran afilados y saltones, y los dedos de sus pies casi parecían los de una mano.

Si a Brigitte se le ocurría alguna vez tener un hijo, los pies de ese niño no se parecerían en nada a los pies rechonchos de Lucky, con sus dedos cortos y gordezuelos. Enderezó su espalda encorvada, pues de repente pensó que ese hijo sería además muy derecho. Brigitte se dio la vuelta y, señalando el frigorífico con la barbilla, dijo:

—Hay té frío, *mon choux*; estoy hablando con mi madre.

Sonrió, meneó la cabeza con rapidez y alzó un hombro, lo que significaba que dejaría de hablar por teléfono en seguida.

Lucky arrojó el sombrero sobre la mochila, olvidado ya el propósito de mejorar su postura, y pensó que quizá el mayor deseo de Brigitte fuese volver a Francia y tener un hijo francés con huesudos pies franceses como los suyos. A ese hijo francés le llamaría cosas bonitas y tiernas en lugar de *mon choux*, que significa «mi repollo», y *ma puce*, «mi pulga».

Lucky vertió té solar en un vaso de plástico y se quedó bajo el ventilador de techo. Lo mejor del té solar es que no necesitas hervir agua y calentar de paso toda la cocina; basta con dejar al sol una jarra de agua con dos bolsitas de té. Lucky se rastrilló el pelo con la mano, un pelo apelmazado por el sudor y rizado mal y en exceso por culpa de una permanente, por lo que tardaría al menos dos semanas en recuperar su aspecto normal. A Dot nunca le quedaba como en la foto de la revista. En vez de hacerlo salir en cuña a los lados de manera original y moderna, como el de la chica de la foto, el corte y la permanente de Dot lo dejaban como una especie de seto tupido color champiñón.

Brigitte se rió al teléfono. Echó detergente a la lavadora y cerró la tapa. Lucky estaba segura de que la madre de Brigitte tramaba un plan secreto y siniestro para atraer a su hija a Francia. Aunque Lucky no la conocía de nada, no le gustaba ni pizca; se la imaginaba parecida a Brigitte pero más nervuda, más fuerte, con flequillo, y con el cabello recogido con un pasador a la altura de la nuca, aunque su pelo seguro que era gris en lugar de rubio. Probablemente no andaba nunca sobre los tacones de los zapatos ni hacía ruido al sorber los cubitos de hielo. La imaginaba estricta y formal, como una directora de colegio o la mujer del presidente de Estados Unidos. Lucky se quedó bajo el ventilador, chupando un cubito de hielo, haciendo ruidos de succión y deseando entender el francés.

Quizá en ese preciso momento la madre desarrollaba su complot para que Brigitte se sintiera tan triste y tan sola que deseara volver a Francia y abandonar a Lucky. Quería que todas sus hijas (Brigitte y sus hermanas) vivieran en París cerca de ella, lo que Lucky consideraba de lo más egoísta. Lucky estaba segura de que el plan de la anciana empezaba a dar resultados, porque los paquetes que enviaba hacían llorar a Brigitte.

El objeto triste de la semana anterior había sido un tubo de plástico como de dentífrico, salvo por el tapón amarillo y porque, en lugar de la marca, llevaba un bello dibujito de una cesta de picnic y una barra de pan francés sobre un campo verde. Resultó ser un tubo de mostaza. Brigitte abrió el paquete sentada a la mesa de formica. Alzó el tubo con la mano y sonrió, pero pareció triste al mismo tiempo. Después desenroscó el tapón y se echó un poco de mostaza en el dedo, la olió y la probó. Luego lloró, algo que Lucky detestaba, y le explicó que le recordaba mucho a su casa.

Lucky suspiró, dejó el vaso y se deslizó en el banco del comedor. Cuando al fin colgó el teléfono, Brigitte dijo:

—Lo primero, *maman* te manda un *bisou*, un gran beso, ¿vale? Lo segundo, pon la mochila junto a ti en el asiento para que no me tropiece, por favor.

Brigitte sacó varias fiambreras pequeñas del frigorífico. La caravana cocina era tan estrecha que no tuvo que dar ni un paso para hacerlo: la encimera, el fregadero, la cocina y el frigorífico se alcanzaban desde el mismo sitio.

—Hace mucho calor para cocinar, así que cenaremos ensalada: atún, huevos duros, judías verdes, tomates y aceitunas.

Lucky quitó la mochila del suelo y la dejó caer a su lado, sobre el banco.

—¿Tenemos de esas aceitunas que me gustan? —preguntó. Detestaba las negras arrugadas, tan saladas y fuertes.

Brigitte inspeccionó los muchos frascos de vidrio que había en la puerta del frigorífico.

—No —dijo—. Y es una pena, porque las aceitunas de Niza irían mejor, es verdad. Tendremos que arreglárnoslo con lo que hay.

—Que arreglárnoslas —corrigió Lucky.

Brigitte suspiró y asintió con la cabeza.

—Que arreglárnoslas —convino.

Capítulo 3 ⁖
Lo bueno y lo malo

HABÍA MILLONES de personas en Estados Unidos que podían llegar a convertirse en su madre si Brigitte volvía a Francia, así que Lucky pensó en cómo pescar y conservar a la adecuada. Estaba segura de que si dispusiera de un Poder Superior, lo lograría.

Pero cuando imaginó la madre perfecta, pensó en características y hábitos como los de Brigitte. Eso siempre la hacía pensar no en la madre perfecta, sino en la hija perfecta, lo que Lucky ya era en la mayoría de los sentidos, aunque no en todos. Brigitte no era plenamente consciente de lo perfecta que era Lucky en la mayoría de los sentidos, pero notaba de sobra los sentidos en los que no lo era.

Por ejemplo, Lucky no quería hablar francés, un idioma acelerado lleno de sonidos que debías gargarizar en el fondo de la garganta. El fondo de la garganta de Lucky era incapaz de aprenderse tales sonidos, pusiera el empeño que pusiese. Por supuesto, había aprendido a pronunciar el nombre de Brigitte a la manera francesa: Bggi-yit, en vez de a la manera americana: Brích-it.

Brigitte se convirtió en tutora de Lucky cuando ésta contaba ocho años. La razón fue que Lucille, la madre de Lucky, salió de casa una mañana después de una gran tormenta y tocó unos cables eléctricos que se habían caído. Los tocó con los pies.

Mentalmente, Lucky preparó una lista con las características buenas y malas de una madre.

BUENO	MALO
– Mantenerse alerta respecto a cualquier peligro, sobre todo a los de las tormentas.	– Salir de madrugada después de una tormenta en el desierto, aunque haga un día precioso, sobre todo descalza.
– Recordar que tu hija necesita que la cuides, por lo menos hasta que sea mayor, hasta los veinticinco o así.	– Oler el aroma limpio y fresco del aire y mirar al cielo para ver qué pinta tiene sin prestar atención a las cosas peligrosas del suelo.
– Elegir un marido que sea un buen padre para tu hija y con quien se pueda contar si pasa algo malo.	– Casarse con un marido al que no le gustan los niños.
– Hablarle al marido de las maravillosas cualidades de tu hija y hacer que la quiera, por si pasa algo malo.	– Divorciarse del marido.

Algunos aspectos de la vida son extraños y hasta terribles, pero después pasa algo que está bien e incluso es bueno y que no hubiera podido suceder sin la cosa terrible. Un ejemplo de ello era que hacía mucho, mucho tiempo, un hombre que después se convertiría en el padre de Lucky fue a Francia y se casó con una francesa. Luego se divorciaron porque él no quería tener hijos. Más tarde, ese mismo hombre volvió a Estados Unidos (cuando aún no era el padre de Lucky) y conoció a una pintora llamada Lucille cuyos hombros tenían tacto de seda. Eso quizá le gustó un montón: podías poner la cara contra su hombro y a tu mejilla le encantaba esa sensación confortable. Sus dedos olían a disolvente de pintura, un olor muy bueno que era el favorito de Lucky, junto al del aire acondicionado. Lucille solía tararear melodías para diferentes situaciones que te recordaban ciertos anuncios de televisión y te hacían reír. Así que se enamoraron y se casaron.

Pero él siguió sin querer hijos, y Lucille también se divorció. Pero ya era demasiado tarde, ¡ja, ja! Lucky ya había nacido.

Así que cuando Lucky necesitó una tutora después de la tormenta, su padre llamó a su primera esposa, la francesa. Ella seguía viviendo en Francia, pero dijo que iría a California. Llegó al día siguiente; resultó ser Brigitte.

Sólo algo importante y terrible pudo hacerla subir a un avión y volar miles y miles de kilómetros, porque Brigitte ya no amaba al padre de Lucky y ni siquiera conocía a Lucille; es más, ni siquiera había oído hablar antes de Lucky. Además, tenía su propia vida en Francia, llena de planes, junto a su anciana madre francesa. Ese algo terrible fue lo que le pasó a Lucille cuando Lucky contaba ocho años, la mañana siguiente a la tormenta en el desierto.

A Lucky le encantaban las tormentas por lo salvajes y aterradoras que son, cuando estás a salvo en tu caravana y el viento silba y sopla enloquecido y llueve tanto y con tanta fuerza que el arroyo seco se convierte en río. Pero lo mejor venía después: ese olor como si fuera el primer día de la historia del mundo, como a creosota y salvia. El sol sale y tú miras a tu alrededor para ver los cambios que ha provocado la tormenta: las sillas de jardín que han volado, los árboles de Josué empapados de agua, el suelo que sigue un poco húmedo.

Eso imaginaba Lucky que estaba haciendo su madre, oler la mañana y sentir el frescor del suelo en los dedos de los pies, cuando pisó un cable eléctrico caído, se electrocutó y murió.

Y así fue como Lucky se convirtió en pupila, que es la persona tutelada por un tutor. La pupila debe estar alerta, llevar siempre una mochila con un kit de supervivencia bien surtido y vigilar las señales de peligro que anuncian las cosas extrañas y terribles y buenas y malas que pasan cuando menos te lo esperas.

Capítulo 4 ∞
La pintada

AUNQUE SÓLO ERA VIERNES por la tarde y tenía hasta el lunes para acabar su trabajo sobre el ciclo vital de la hormiga, Lucky sacó el cuaderno, convencida de que podría terminarlo antes de la cena. Entonces Lincoln telefoneó.

—¡Hola, Lucky! —dijo.

—¡Hola!

Silencio. Lucky sabía que a Lincoln le costaba hablar por teléfono porque necesitaba ambas manos para hacer nudos con una cuerda o un cordel. A los siete años, el cerebro de Lincoln empezó a segregar una potente ansia anudadora que llegó a sus capilares y provocó en sus manos el afán de hacer nudos y más nudos. Había aprendido como un millón de nudos distintos, además de gazas y ayustes.

Lucky oyó un estrépito cuando a Lincoln se le cayó el

auricular, y un golpe cuando se lo encajó entre la oreja y el hombro. Era lo normal.

—Oye —dijo él—, ¿tienes algún rotulador permanente de esos gruesos? ¿Uno negro?

—Creo que sí. ¿Por qué?

—Es por la señal por la que ha preguntado Miles, la que ha visto al volver hoy del colegio.

—¿La de 43 habitantes?

—No, la de después. La que está justo cuando el autobús entra en Pote Seco.

—Ya —dijo Lucky. Era una señal de tráfico, romboidal y de color amarillo anaranjado. Miles asistía a preescolar y estaba aprendiendo a leer, por lo que quería averiguar lo que decía cada señal. Lucky se alegraba de que sólo hubiera unas pocas en la carretera al colegio de Sierra City—. ¿Qué pasa con ella?

—Ya te lo explicaré. Trae el rotulador y estate allí dentro de cinco minutos.

—Esto no tendrá nada que ver con *Noticias de nudos*, ¿no?

Lincoln recibía un boletín mensual del Gremio Internacional de Anudadores, organización de la que era uno de los miembros más jóvenes. Lucky consideraba que el boletín era muy aburrido, pero Lincoln lo leía minuciosamente, como si lo memorizara, y después le contaba a Lucky con todo lujo de detalles cosas como la función del burel (algún tipo de instrumento anudador). Lucky sabía que el último número de *Noticias de nudos* había llegado hacía poco.

—No —dijo Lincoln—. Es por la señal. Tú espérame allí. Ya verás.

HMS Beagle ya estaba en la puerta mosquitera, mirando al exterior. Muchas veces sabía lo que se avecinaba incluso antes de que Lucky lo supiera.

—Vale —contestó Lucky, que había decidido aprovechar el paseo para capturar unas cuantas hormigas que podría pegar en su trabajo y así subir nota.

Colgó y fue a mirarse al espejito de la puerta del armario de su caravana. A Lucky no le gustaba nada lo que veía, y se trataba de un grave problema sin solución: era toda del mismo color.

Sus ojos, su piel y su pelo, incluso sus finas cejas rectas, eran iguales, de un color que Lucky definía como champiñón o arenoso. La historia que se contaba a sí misma para explicárselo decía que un día antes de su nacimiento las enzimas del color estaban clasificándose a sí mismas en grandes tanques. Por desgracia, Lucky decidió nacer un poco antes de lo previsto, antes de que las enzimas acabaran su clasificación, y sólo estaba listo un tanque: el del color champiñón arenoso. Así que Lucky fue sumergida en él de pies a cabeza y, sin retoques como ojos verdes o pelo negro, ¡zas!, nació y no hubo tiempo para nada más que unas cuantas pecas.

Antes de colgarse a la espalda la mochila con el kit de supervivencia, Lucky hurgó en su interior y extrajo una botellita de plástico con aceite de parafina. Aquél era el remedio que había ideado para su gran problema; ya que Brigitte no la dejaba usar maquillaje de verdad, se daba un poco de aceite en las cejas, de modo que al menos brillaran y se vieran distintas.

A veces, Lucky se preguntaba si Lincoln notaría lo de su aspecto de champiñón arenoso, pero en realidad lo dudaba, porque él siempre estaba pendiente de sus nudos o sus *Noticias de nudos*.

Recogió el rotulador y el sombrero, y salió con *HMS Beagle*. Brigitte estaba regando sus grandes tiestos de hierbas.

—Este perejil se podrá cortar muy pronto —le dijo a Lucky—. El envase de las semillas dice que, si hace calor, el perejil sale volando. Parece que se refieran a un avión. —Miró el sombrero de Lucky—. ¿Tú también sales volando?, ¿justo antes de cenar?

—He quedado con Lincoln: necesita mi rotulador.

—Pues vuelve antes de que anochezca, por favor, *ma puce*. —Brigitte arrancó diminutas flores blancas de una planta frondosa, y a Lucky le olió a la salsa de los espaguetis—. Me encantaría pillar al conejo que se come mi albahaca.

Lucky no le dijo que atrapar al cola de algodón sería fácil. Sabía que Brigitte le quitaría la piel y lo cocinaría, y Lucky no quería *Peter Rabbit* para cenar.

Ella y *HMS Beagle* se dirigieron a la carretera principal del pueblo (a cinco minutos de las caravanas cogiendo el atajo que hay detrás del *saloon* abandonado).

Cuando llegaron a la señal, Lincoln aún no había aparecido, así que Lucky se quitó la mochila y sacó una bolsa con cierre hermético. Como la vieja carretera asfaltada llena de rodadas despedía mucho calor, mucho más que el suelo arenoso, Lucky y *HMS Beagle* se acercaron a unos arbustos laterales. *Beag* encontró en seguida una sombra bajo unas ramas y se echó a descansar, y Lucky encontró sus hormigas.

Mientras las miraba desplazarse por un par de carriles, saliendo de un agujero y volviendo a él, Lucky tuvo una revelación. Al principio las hormigas le dieron pena porque eran minúsculas y se las podía matar con mucha facilidad. Ella sola podía matar a diez o veinte de una vez, quizá. Pero entonces se dio cuenta de que, en el mundo de las hormigas, la individualidad no importaba. Todas se dedicaban a su labor y ninguna se iba por la tangente como hacían las personas. Por ejemplo, no encontrabas a una hormiga pensando en quedar con un amigo, ni a otra saliendo antes del trabajo, ni a otra tumbada en el suelo contemplando las nubes.

No, las hormigas actuaban como un solo ser, en lugar de como tropecientos seres independientes. Sabían trabajar en equipo. Si alguna se moría, las otras no se quedaban a su alrededor lamentándose. Para ellas no existía el «yo».

Así que mientras Lucky descubría que, para una hormiga, el Poder Superior debía de ser la colonia en sí, Lincoln se acercó con andar pausado. *HMS Beagle* meneó el rabo sobre la arena, pero no se movió de su sombra.

—Estaba pensando —dijo Lucky— en la vida de las hormigas..., lo que es distinto de su ciclo vital. Fíjate, piensa en cuando una se muere. Las otras se limitan a seguir adelante como si no se enteraran. No les causa la menor impresión.

—Mmmm —dijo Lincoln. Sostenía un lazo de cuerda entre dos dedos, metía un extremo por él y lo llevaba hacia abajo. Con Lincoln no era fácil trabar conversación. Escuchaba, pero no se sentía obligado a contribuir.

—Si fueras una hormiga —prosiguió Lucky—, ¿cuál sería tu Poder Superior?

Lincoln la miró arrugando el ceño.

—Ni idea —contestó, y se acercó a *HMS Beagle* para acariciarla; ésta se echó sobre la espalda y agitó las patas en el aire para indicarle que quería que le rascaran el pecho. Lincoln le preguntó a Lucky—: ¿Por qué tienes las cejas como mojadas?

Lucky se extendió el aceite con los dedos.

—Es un nuevo producto de belleza —explicó—. Para dar brillo.

La caja torácica de *HMS Beagle* parecía mucho más grande cuando se echaba de espaldas que cuando estaba de pie. Lincoln se la rascó.

—Tus cejas combinan muy bien... con el resto de ti —dijo sin alzar la vista.

Lucky no tuvo la más remota idea de qué contestar a eso. Estaba casi segura —pero no del todo— de que se trataba de un cumplido. Echó cinco o seis hormigas y un poco de arena a la bolsa y la cerró.

—Bueno —dijo por fin—, ¿qué pasa con la señal?

—¿La has leído? —preguntó Lincoln.

Lucky dio la vuelta para ver la parte delantera de la señal, soldada a un poste metálico, y estudió las palabras de grandes letras negras mayúsculas sobre fondo amarillo anaranjado:

AMINOREN
NIÑOS
JUGANDO

Lucky frunció el ceño.

—¿Y? —preguntó.

—Esa señal se refiere a nosotros —dijo Lincoln—. ¿Dónde está el rotulador?

—¿Qué vas a hacer, Lincoln? Dibujar sobre una señal de tráfico es ilegal. Debe de ser ilegal hasta tocarla.

Lucky temía que Lincoln se metiera en líos. Su madre, que era bibliotecaria a tiempo parcial en Sierra City, quería que su hijo llegara a presidente de Estados Unidos. Lucky sabía que, si se presentaba, su oponente descubriría durante la campaña todas y cada una de las cosas malas que Lincoln hubiera hecho en su vida. Alguien podía averiguar que a los diez años había hecho una pintada sobre AMINOREN NI-ÑOS JUGANDO y hacerle perder las elecciones.

El padre de Lincoln estaba jubilado —era veintitrés años mayor que su mujer—, y parecía más un abuelo que un padre. Recorría el desierto en su buggy casero en busca de piezas históricas de alambre de espino que después vendía en eBay. Él decía que su chico no debía preocuparse por lo de ser presidente hasta llegar a la universidad, pero la madre de Lincoln decía que debía pensar en ello «todos los días, desde ahora». Sin embargo, como le había confesado a Lucky, Lincoln sólo pensaba en conseguir dinero para asistir a la convención anual del Gremio Internacional de Anudadores, que se celebraba en Inglaterra, y en cómo lograr después que sus padres le dejaran ir.

—Lucky —explicó Lincoln—, la gente que vea esta señal va a pensar: «Caramba, vaya pueblo, aconsejan aminorar a los niños. ¿Se referirán al tamaño o a la cantidad?». O quizá digan: «¿Estarán insinuando que atropellemos a unos cuantos?».

A Lucky nunca se le hubieran ocurrido tales interpretaciones. Ella imaginaba que todo el que viera la señal pensaría: «Vale, a reducir la velocidad, que hay niños jugando».

—¿Y? —preguntó.

—Tú dame el rotulador.

Lucky miró en torno para ver si alguien los espiaba. En la carretera de tierra que daba a la asfaltada, debajo de una vieja camioneta, había dos pares de botas cuyos portadores golpeaban las tripas del vehículo. Se oía el suave ulular de un búho que había madrugado. La torrecilla de cristal de la casa del Capitán, donde a éste le gustaba sentarse para observar el pueblo, parecía desierta, y en cualquier caso Lucky sabía que el calor que hacía allí en ese momento era insoportable. En la carretera no había coches, como de costumbre. Le entregó el rotulador a Lincoln.

Éste se metió la cuerda en el bolsillo y con el dobladillo de su camiseta limpió la señal detrás de AMINOREN. Lucky pensó que iba a escribir LA VELOCIDAD, pero no cabía y hubiera quedado mal.

En lugar de añadir palabras, Lincoln hizo algo genial. Detrás de AMINOREN, dibujó dos puntos nítidos perfectamente proporcionados, uno encima de otro. Lucky sabía que se trataba del signo de dos puntos y que con él la señal significaba: «Aminoren la velocidad: hay niños jugando».

—¡Vaya! —exclamó—. Es... presidencial.

Lincoln puso los ojos en blanco y se sonrojó y le devolvió el rotulador. El pelo negro le flotaba sobre la frente como si tuviera vida propia. Era esa clase de cabello que hacía lo que le daba la gana lo peinaras como lo peinaras. A Lucky le encantaba ese tipo de pelo.

En una de las hendiduras cerebrales donde guardaba las cosas que quería estar segura de recordar cuando fuese mayor, Lucky guardó el episodio de AMINOREN: NIÑOS JUGANDO. Si Lincoln decidía presentarse a presidente, Lucky iría a la televisión y lo contaría con todo lujo de detalles: la inducción a error de la señal, el ingenio de Lincoln, la pulcritud de sus dos puntos, el final feliz de la historia. Lo único que no contaría nunca sería la íntima y encantadora parte sobre el brillo de sus cejas.

Capítulo 5 ∽
Miles

UNA BUENA FORMA DE MATAR a un insecto que necesitas como espécimen, sin aplastarlo ni herirlo, es capturarlo con un frasco o una caja de hojalata. Después echas dentro un algodón empapado en quitaesmalte de uñas y, ¡sorpresa!, se muere.

El sábado por la mañana muy temprano, mientras aún duraba el frescor de la noche, Lucky tomó prestadas varias bolas de algodón y media botella de quitaesmalte del botiquín de Brigitte. Estaba repasando el inventario del kit de supervivencia de su mochila, cosa que debía hacerse con regularidad para comprobar si se había agotado algo importante. Era buen momento para ello, porque Brigitte había ido a casa del Capitán para recoger el excedente alimentario mensual del gobierno, y Lucky prefería comprobar sus existencias en privado.

Empezaba a colocar sus cosas sobre la mesa de formica de la caravana cocina cuando oyó un sonido similar al gruñido de un cerdo. El cerdo chilló y gruñó de nuevo. *HMS Beagle* golpeó el suelo con el rabo y la puerta con la pata.

—¡Sé que eres tú, Miles! —gritó Lucky a través de la puerta mosquitera. Suspiró—. Hagamos un trato. Yo te cuento una historia de los viejos tiempos de Pote Seco y tú no haces ruidos. Y después te vas.

Desde fuera, Miles preguntó:

—¿Brigitte tiene galletas de sobra?

—¿Cuántas llevas hoy?

Miles introdujo la cabeza por la puerta. *HMS Beagle* acercó la suya al mentón del niño: a la perrita le encantaban sus visitas, porque Miles siempre llegaba lleno de migas de galleta. El chico sólo tenía cinco años y no se andaba con remilgos al comer; además, no le importaba que *HMS Beagle* le lamiera las manos.

—¿Desde el principio de hoy? —preguntó.

—Anda, entra y cierra la puerta antes de que esto se llene de moscas —dijo Lucky metiendo sus artículos de supervivencia en la mochila—. Sí, ¿cuántas galletas has comido desde que te has levantado esta mañana?

Miles tuvo que apartar un poco a *HMS Beagle*, que lo olfateaba con demasiado entusiasmo.

—¿El pan de plátano y nuez cuenta? —preguntó mientras entraba con pasitos diminutos, como para esquivar las grietas del linóleo. Arrastraba una bolsa de plástico del ultramarinos CompreMás.

—¿Quién te ha dado pan de plátano y nuez? ¿Dot?

Aunque Dot era la persona más mandona y refunfuñona de Pote Seco, Miles siempre conseguía sacarle una galleta.

—Sí. Me dijo que esperaba que en la comida del gobierno de hoy hubiera mantequilla, para hacer más pan de plátano y nuez, porque el que tenía estaba seco. Pero yo le dije que me gustaba seco, y me dio un poco y estaba muy bueno.

Miles se frotó las mugrientas manos en su pantalón corto, que estaba oscurecido por los laterales. De la bolsa de plástico sacó un desgastado ejemplar de *¿Eres tú mi madre?* y algo envuelto en una servilleta grasienta.

—Te lo cambio por una galleta —dijo mientras desdoblaba la servilleta sobre la mesa. Desde que Lucky le había dicho que era un gorrón, él siempre ofrecía un trueque. Miles tenía largas pestañas, grandes ojos de color chocolate y un ondulado pelo rojizo. Sus uñas estaban tan negras que daba la impresión de que acababa de cambiar el aceite de un coche. Ofreció a Lucky el trozo a medio comer de pan de plátano y nuez y dijo—: Está muy rico.

—Vale —contestó Lucky, aunque el intercambio fuera poco ventajoso para ella.

Miles preguntó, feliz:

—¿De cuáles tiene Brigitte? ¿Tiene de chocolate y menta? ¿Me vas a leer mi libro?

Lucky dejó su mochila en el suelo y se levantó del banco. Le había leído *¿Eres tú mi madre?* unas mil veces.

—Escucha, Miles. Ya te he dicho cuál era el trato: yo te

cuento una historia de los viejos tiempos de Pote Seco y tú no haces ruidos. No voy a leerte ese libro otra vez. ¿Entiendes?

—Sí —contestó Miles—. Las historias de Pote Seco me gustan más si sale *Chesterfield* el Burro. —Metió los labios hacia adentro un segundo para demostrarle que había entendido lo de no hacer ruidos. Luego añadió—: Ella guarda las galletas en esa caja azul de allí.

Miles había hecho poco a poco una concienzuda inspección de las existencias de galletas de todos los habitantes del pueblo. Era experto en saber quién consumía determinadas clases, quién estaba dispuesto a darle una y dónde las guardaba cada cual. Hacía sus rondas galleteras a diario.

La Bisutería y Salón de Belleza de Dot estaba cerca de la casa de Miles, así que ésa era su primera parada del día. Dot solía estar en la cocina, donde vendía la bisutería y tenía instalado el salón de belleza, con sillas en el porche para que la gente se sentara mientras se les secaban los rulos. A veces Miles permitía que Dot le lavara el pelo a cambio de galletas. Si ella tenía de las que más le gustaban, como las de chocolate y menta, dejaba que se lo cortara.

Lucky le dio una galleta de higo. El niño empezó a mordisquearla y a golpear con suavidad los talones contra el banco. Luego puso los pies sobre la mochila de supervivencia, que Lucky había metido debajo de la mesa.

—No aplastes mi mochila de supervivencia —dijo Lucky.

—No lo hago —contestó él, que a continuación preguntó—: ¿Qué llevas dentro?

—Cosas que necesitarías si te perdieras en el desierto.

—¿Como qué? ¿Un mapa?

A Lucky no se le había ocurrido nunca lo del mapa. Pero en realidad, si te perdieras, tener un mapa no te serviría de mucho, porque lo primero que te pasa cuando te pierdes es que no sabes dónde estás.

—No; cosas como un buen libro, para leerlo y no aburrirte.

Miles asintió con la cabeza.

—Como *¿Eres tú mi madre?* —dijo—. ¿Y qué más?... ¿Galletas?

—Nooo. Chocolate no puedes llevar, porque se derrite. Lo que necesitas son cajas para especímenes por si encuentras insectos o arañas interesantes, y quitaesmalte, aceite de parafina y cosas para estudios científicos.

—¿Puede salir *Chesterfield* el Burro en la historia de los viejos tiempos?

—Sí —dijo Lucky—. Ocurrió cuando Pote Seco era todavía un pueblo minero, en el siglo anterior al pasado. Tienes que suponerte que yo vivía entonces y que tenía tu edad, unos seis años.

—Yo tengo cinco y medio.

Miles hizo un ruido de helicóptero.

—Sin ruidos, Miles.

—Me había olvidado. ¿Salen dinosaurios en la historia de los viejos tiempos?

—No, esto pasó después de los dinosaurios. Yo estaba

enseñándole a *HMS Beagle* a sostenerse sobre las patas traseras. —Al oír su nombre, *HMS Beagle* golpeó el rabo contra el suelo—. *Beag* era una cachorrita. Íbamos por la carretera de tierra, la que lleva al viejo vertedero.

Lucky señaló hacia el desierto que comenzaba al borde del semicírculo de caravanas. Miles miró por la ventanilla hacia las violetas montañas Coso, a cientos de kilómetros.

—*Beag* quería olerlo todo. Recuerdo que delante de nosotras corría una bandada de perdices chukar...

Miles hizo un *chu-karr chu-karr chu-karr* que imitaba a la perfección el canto de las aves. Siguió haciéndolo hasta que Lucky dijo:

—Sí, ésas. Es imposible capturarlas porque, en cuanto te acercas, echan a volar y se alejan un poquito. Pero *HMS Beagle* lo intentaba una y otra vez, porque son aves terrestres y no pueden volar mucho de una sola vez. La carretera de tierra se transformó en un sendero y por allí llegamos a las cuevas.

—¿Las viejas cuevas de los mineros? ¿Esas a las que no me dejan ir?

—Ajá. Pensamos que era el sitio ideal para nuestro refugio secreto.

—Mi abuelita dice que están llenas de unas arañas que se llaman viudas negras.

—Sí, quizá, pero nosotros teníamos cosas más importantes en que pensar. Encontramos una cueva que conservaba una taza y una cafetera de metal, un banco de madera donde podías sentarte y una pequeña hoguera rodeada de piedras con una parrilla encima. Aún se sacaba plata de la colina, y Pote Seco era un pueblo muy animado, con cientos de habitantes. Un día nos acercamos a la mina, y yo encontré trabajo como dinamitera porque era lo bastante pequeña para arrastrarme por pasadizos peligrosos por los que nadie más cabía. ¿Sabes por qué llaman Pote Seco al pueblo?

Miles meneó la cabeza.

—Porque el suelo es tan duro que no puedes meter la pala. Es como cemento. Si quieres excavar, tienes que usar dinamita. Bueno, pues yo me convertí en la dinamitera jefe porque podía prender la mecha y salir a todo correr antes de la explosión. Nuestra cueva era perfecta porque no teníamos que pagar alquiler y la gente nos dejaba en paz. Disponíamos de un burro propio que se llamaba *Chesterfield*, y siempre lo llevaba conmigo a la mina; a *HMS Beagle* también le gustaba subirse a su grupa para cabalgar.

Miles partía trozos de galleta cada vez más pequeños, como si pudiera hacer que la historia durara mientras a él le quedara un pedacito.

—El burro *Chesterfield* ¿era chico o chica?

—Chica. Le salvé la vida una vez cuando era pequeña, por eso vivía con nosotras en la cueva y no trataba de escaparse nunca. Su aliento era fresco porque comía flores de tamarisco y de acacia, y se alejaba muy educadamente de la cueva para ir al baño.

Lucky miró el arqueado techo de madera de la caravana

cocina y entornó los ojos, como alguien que recuerda algo sucedido hace mucho.

—Mientras yo estaba en el trabajo dinamitando la tierra en busca de plata, *Chesterfield* se iba con los otros burros, pero a las cinco en punto me esperaba donde yo acababa mi tarea. Un día me cayó un gran madero encima y me quedé atrapada. Le dije a *HMS Beagle*: «¡Vete a buscar a *Chesterfield*, corre, antes de que esta dinamita me haga picadillo!», y ella corrió. Bueno, pues resultó que *Chesterfield* se había alejado mucho por el desierto buscando una planta de flores amarillas que le encantaba. *HMS Beagle* tuvo que mirar por todas partes. Yo estaba allí, aplastada bajo el madero, y los demás mineros rezaban porque estaban convencidos de que era chica muerta. Por fin oí que *Chesterfield* se acercaba al galope. A la mecha le faltaba un cachito así —Lucky alzó el meñique— para llegar al final y explotar. *HMS Beagle* le dio el cabo de una cuerda a *Chesterfield* y entró corriendo en mi agujero con el otro extremo. Cupo porque, al ser una cachorrita, aún era pequeña. Yo agarré bien mi extremo y *Chesterfield* tiró con los dientes. Tiró y tiró con todas sus fuerzas. Por fin me deslicé al exterior, y *Beag* y yo saltamos al lomo de *Chesterfield*, y ella salió disparada y nos puso a salvo, lejos de la mina. Después de eso dejé aquel trabajo, a pesar de que el propietario en persona me rogó y me suplicó que siguiera. Vivimos felices en nuestra cueva durante largo tiempo, hasta que gastamos todo lo que llevaba en el kit de supervivencia y decidimos volver a casa.

—Y ¿qué pasó entonces? ¿*Chesterfield* se murió?

—Claro que no —dijo Lucky—. Decidió tener un burrito. Así que *HMS Beagle* y yo le dijimos que era mejor que volviera al campo y viviera con los de su especie. Aún sigue allí, con su marido y su hijo. A veces, si hay alguien en peligro en el desierto, ella aparece de repente, y si el que está en peligro le cae bien, lo salva.

Miles sostenía una miga de galleta entre dos dedos. Miraba más allá de Lucky. Al fin musitó:

—¿Me dejaría que la montara?

—Tal vez —contestó Lucky.

Miles parpadeó, miró su última miga y la lamió despacio de sus dedos. Luego se limpió las manos en los laterales del pantalón.

—¿Me lees *¿Eres tú mi madre?*, aunque sea sólo un poquito?

—¡No! El trato decía una historia de los viejos tiempos, y has conseguido una galleta de propina. Es hora de irse.

Lucky se precipitó hacia la puerta mosquitera y la abrió.

Miles dejó caer la cabeza sobre la mesa.

—Te he dado una galleta a cambio —dijo con voz de pena, ahogada.

—Fuera, Miles.

Muy despacio, como si tuviera la cabeza de plomo, Miles alzó la vista. Sobre la mesa de formica quedó un pequeño óvalo de sudor. Lanzó a Lucky una mirada idéntica a la que le dirigía *HMS Beagle* cuando quería un trozo de beicon.

—¿No podrías leerme sólo la parte de *Resoplas?*

En un rinconcito del corazón, Lucky tenía una pequeña glándula maligna, y esa glándula maligna se activaba a veces cuando Miles andaba cerca. Ella sabía que él sabía que debía obedecer a Lucky porque, si no, ella no volvería a ser amable con él. A veces, cuando esa glándula maligna entraba en acción, a Lucky le gustaba ser mala con Miles.

—No —contestó.

La cabeza de Miles volvió a derrumbarse sobre la mesa.

—*Chu-karr, chu-karr, chu-karr* —gorgoriteó como un pajarito perdido y salvaje. Lucky notó lo pequeño que era el hueco de su nuca—. Por favor, por favor, por favor —gimió él—, cuéntame la historia de cómo llegó Brigitte a Pote Seco.

En ese momento Brigitte aparcó su jeep, y Lucky dijo:

—Mira, que te la cuente ella misma.

Cuando Miles levantó la vista con el rostro inundado de alegría, la glándula maligna de Lucky se sintió un poco mejor, como si le hubieran quitado una pesada viga de encima.

Capítulo 6 ☙
Cómo llegó Brigitte

BRIGITTE SUBIÓ LOS ESCALONES de la caravana cocina acarreando dos bolsas de plástico llenas de artículos excedentarios del gobierno.

—Sólo son las ocho, pero no quiero saber por nada del mundo la temperatura en grados centígrados —dijo—. En grados Fahrenheit no me impresiona, así que no pienso calcular a lo que equivale. Miles, ¿quieres lavarte las manos?

—No, gracias —contestó Miles. Lucky observó a Brigitte mientras ésta sacaba la comida del gobierno: cerdo enlatado, albaricoques enlatados, mantequilla y un trozo de algo naranja.

—¿Qué es esa cosa? ¿Queso? —preguntó Lucky con la mirada fija en la cosa anaranjada con forma de ladrillo. En el envoltorio decía Ministerio de Agricultura de Estados Unidos. Parecía blando.

El último sábado de cada mes se repartía en el pueblo la comida gratuita del gobierno. Sólo te la daban si tus ingresos eran lo suficientemente reducidos. Si no, te quedabas sin ella. Casi nadie en Pote Seco tenía empleo fijo, y aunque algunos recibían cheques mensuales por ser minusválidos o muy mayores o por tener padres que no querían hijos, el importe de esos cheques era pequeño. Casi todos los vecinos de Pote Seco reunían los requisitos para la comida gratis.

—Averigüémoslo —dijo Brigitte cortando el envase con unas tijeras. Olisqueó el queso. Lucky se inclinó y lo olió también. El queso que le gustaba a Brigitte olía a calcetines sucios y debía envolverse a la perfección en plástico transparente para que el frigorífico no apestara. Aquello no olía a nada.

—No conozco este queso —dijo Brigitte frunciendo el ceño. Cortó una esquinita y se la tendió a *HMS Beagle*. Ésta se acercó y estiró el cuello. Estudió el queso con hocico tembloroso, suspiró y volvió a su sitio junto a la puerta.

Brigitte soltó un *pfff*, una pequeña ráfaga de aire, por la boca y arrojó la esquinita de queso al cubo de la basura.

—No me extraña que sea gratis —dijo—. No lo compraría nadie.

Miles empezó a golpear los talones contra el banco.

—Lucky dice que vas a contarme la historia de cómo llegaste a Pote Seco para cuidarla —dijo.

Brigitte se encogió de hombros.

—Ya te la sabes, Miles. Llegué en avión después de la muerte de su madre.

—¿Por qué no se puso a cuidarla su padre? —preguntó Miles.

Brigitte volvió a resoplar, dando a entender que algo así hubiera sido impensable.

—En cierto sentido, el padre de Lucky es un hombre muy tonto.

Miles miró a Lucky para ver si estaba de acuerdo con aquello. Lucky pegó su cara a la del chico y abrió mucho los ojos para indicarle que no dijera ni pío. Miles retiró su cara y le devolvió la mirada desorbitada para indicarle que seguía queriendo saber si Lucky pensaba que su padre era tonto.

Lucky le dijo:

—Mi padre llamó a su primera mujer, con la que estuvo casado antes de casarse con mi madre. Y ¿adivinas quién era?

Miles la miró de hito en hito.

—¿Quién? —preguntó.

—¡Brigitte! —contestó Lucky.

—¡¿Ella?! —dijo Miles. Se volvió hacia Brigitte, estrechando contra su pecho la bolsa de la tienda CompreMás. Con expresión ceñuda, miró primero a Brigitte y luego a Lucky para demostrarles que no quería que le tomaran el pelo.

—Yo, por supuesto —dijo Brigitte. Alzó la vista hacia un brillante objeto metálico parecido a un jarrón situado en una estantería. Lucky conocía su contenido, pero no quiso pensar en ello. Su cerebro siguió brincando, como si cruzara un arroyo de piedra en piedra, rápido, para no tener tiempo de pensar en resbalarse y acabar cayendo al agua.

—Si Brigitte se casó con el padre de Lucky, entonces es la madrastra de Lucky —afirmó Miles.

Lucky se sintió como hipnotizada, como si se hubiera separado de sí misma y el ser que se apoyaba en el fregadero fuese alguien totalmente distinto.

—No —dijo despacio—, porque ellos se casaron antes.

—El padre de Lucky y yo nos casamos antes de que ella naciera, Miles —explicó Brigitte—. Su madre, Lucille, y yo no nos conocíamos, pero el padre de Lucky me llamó porque sabía que vendría. —Se encogió de hombros—. En Francia no tenía trabajo. Quería ver California. Él sabía que me haría cargo de Lucky durante un tiempo. Por eso le dije que sí. Le dije: «Cómprame el billete y voy». Y él me dijo: «Ya he hecho la reserva. Sales de París esta noche, llegarás a Los Ángeles mañana». Así que volé hacia Los Ángeles con mi vestido rojo de seda y mis zapatos de tacón alto y una única maleta.

—¿Qué pasó cuando llegaste a Los Ángeles? —preguntó Miles. Lucky sabía que Miles pensaba que Los Ángeles era un lugar terrible donde la gente conducía sus coches de un lado para otro durante todo el día, de la mañana a la noche. Él y Sammy *el Bajito* pasaban horas escuchando los informes del tráfico de Los Ángeles por la radio.

—El padre de Lucky había alquilado un gran coche americano que me esperaba en el aeropuerto —dijo Brigitte—. Conduje horas y horas hasta que al fin salí de la ciudad y llegué al desierto. Y luego conduje y conduje —Brigitte conducía en el aire, sus manos aferraban un volante imaginario—, hasta que la gente desapareció y no quedó más que desierto, ¡muchísimo desierto! Tenía un poco de miedo porque había un montón de espacio por todas partes, y casi choco contra una vaca y su vaquito...

—Ternero —la corrigió Lucky.

—Eso, una vaca y su ternero. ¡Estaban en medio de la carretera! Seguí conduciendo hasta que acabó la carretera y empezaron los caminos de tierra. Vi una señal: «Pote Seco, 43 habitantes», me puse triste porque la *maman* de Lucky había muerto, y la señal era ahora de 42 habitantes.

Lucky se dio cuenta de que, sin embargo, no habían cambiado nunca la señal. Claro que, después de todo, al llegar Brigitte, seguía siendo exacta.

Brigitte se sentó en el banco, al lado de Miles.

—Y entonces ¿encontraste a Lucky?

—No. Cuando salí del coche descubrí que hacía mucho, mucho calor, tanto como hoy, y en Francia yo no había pasado nunca tanto calor.

Brigitte contaba la historia a su acelerada manera francesa, manera que, en opinión de Lucky, hacía que la gente prestara más atención.

—Así que me acerco a la casa de la torre de cristal en el techo. Yo no sé que es la casa del Capitán, claro. La única persona que conozco en América es el padre de Lucky, y está en San Francisco. Me da miedo hablar mal inglés, así que no sé qué ocurrirá. El hombre de la puerta tiene el pelo largo y gris, y viste una especie de camisa ancha con una cuerda por cinturón. Con sus empolvadas sandalias de cuero y su barba, parece un personaje de la Biblia.

—El Capitán no parece de la Biblia —dijo Miles—, parece normal.

—A mí, en mi primer día en América, me pareció alguien que había perdido la chaveta. Después descubrí lo amable que era, cuando me trajo de Sierra City en su camioneta después de devolver el coche alquilado.

—¿En Francia no hay gente como el Capitán? —preguntó Miles.

—No exactamente —dijo Brigitte—. ¿Sabes?, cuando lo vi allí le dije: «¿Lucky?» y le expliqué todo en francés, pero él no me entendía. Pero entonces dijo: «¡Oh! ¡Oh! ¡Láck-y!», porque yo había pronunciado el nombre con mi acento, así como lo he dicho antes: «Lu-kí». Entonces me lleva por la colina hasta un viejo depósito metálico con una puerta.

—¡El depósito de agua de Sammy *el Bajito*! —exclamó Miles.

—Sí, y Sammy sale, pero yo entonces no sabía quién era. Yo veo a un hombre pequeñito con sombrero que parece un cowboy, pero un cowboy en miniatura. Entonces me di cuenta de que nadie me había advertido de lo raro que es América.

Lucky recordaba muy bien esa parte porque había estado presente, atisbando el exterior desde la casa depósito de Sammy. Al ver por primera vez a Brigitte, pensó en las bellas señoras del calendario de Sammy *el Bajito*. En cada mes había una distinta, despampanante y sonriente, y sin mucha ropa encima. El vestido de Brigitte hubiera parecido una combinación roja de no ser porque el revoloteo de la falda evocaba el baile. Además, su cabellera rubia era brillante y espesa, y su lápiz de labios era del mismo rojo exacto de su vestido. Con sus tacones altos y su cuello blanco y bien perfilado, parecía demasiado francesa y demasiado... *chic* para Pote Seco.

Pero lo que Lucky recordaba con mayor claridad era que a su madre le había pasado algo espantoso y que ella estaba allí, en casa de Sammy, y su madre no.

—¿Lucky sabía que eras su tutora? —preguntó Miles, acariciando el plástico de su bolsa de la tienda CompreMás como si acariciara a un gato.

—No —contestó Lucky—. Aún no lo era.

—Pensaba quedarme sólo un poco —explicó Brigitte—. Hasta que Lucky encontrara una familia de acogida. Es lo que le prometí a su padre. Le dije que después debía regresar a Francia. —Brigitte se abanicó con el cartón del envase del queso.

—¿Había nacido yo? —preguntó Miles.

—Sí —contestó Brigitte—. Por entonces eras un gordito de tres años, un niño casi salvaje que correteaba por todo el pueblo. Tu abuela siempre andaba buscándote. —Brigitte se encogió de hombros—. Yo intentaba comprender las costumbres americanas, pero son muy distintas de las mías. Durante mucho tiempo, Lucky sólo podía dormir si yo estaba a su lado. Estaba muy triste, claro, y añoraba a su *maman*.

—¿Me dejaban hacer todo lo que quería? —preguntó Miles. Ciñó su bolsa de plástico alrededor de su libro.

—Yo pensé que quizá por eso eran tan libres los niños americanos —dijo Brigitte—. Quería que Lucky tuviera una buena familia americana de acogida que le daría más libertad y también cierta disciplina.

—¿Tendrá que ir Lucky con una familia y cuidar de todos sus hermanitos adoptivos?

Miles ya le había preguntado a Lucky sobre eso. Lo había visto en un programa de televisión.

—Estuvimos buscando durante mucho tiempo, pero no encontramos ninguna familia de acogida. Entonces su padre me dijo que el papeleo para quedarme en California se simplificaría si yo me convertía en su tutora, sobre todo porque Lucky y yo compartimos el apellido Trimble. Yo dije que de acuerdo.

Brigitte se levantó y siguió colocando los excedentes alimentarios del gobierno, torciendo el gesto al cerdo enlatado.

Lucky pensó que aunque Brigitte dijo que de acuerdo, se refería hasta encontrar una familia de acogida. Y si ella tenía que cuidar de todos los llorones bebés huérfanos de su nueva familia de acogida, acabaría por irse de Pote Seco. Y entonces la señal que aún decía 43 habitantes sí que estaría mal de verdad.

Lo que Lucky más deseaba era que esa señal no cambiara nunca, que se prohibiera para siempre cualquier resta.

Capítulo 7 ∽
La avispa halcón

CUANDO MILES se marchó y Brigitte se puso a revisar una pila de facturas que más tarde llevaría al correo, Lucky analizó con detenimiento la forma de librarse de la familia de acogida. Quizá si Brigitte se percatara de que algún día Lucky sería una científica famosa como Charles Darwin, dejaría de echar de menos Francia a todas horas, porque tendría el grandísimo honor de ser la tutora de una científica de fama mundial.

Pero antes de convertirse en una científica de fama mundial, Lucky necesitaba alcanzar la fama en Pote Seco, y para lograrlo debía atraer a montones de personas al Centro de Información y Museo de Móviles Sonoros de Objetos Encontrados. Fue su trabajo de limpieza del patio el que le dio la brillante idea de mejorar el museo, cuyo problema consistía en ser poco museístico. Sólo había unas vitrinas de cristal contra las paredes que contenían equipo minero viejo y fotos viejas y unos cuantos bichos viejos, pero que exhibían pocos insectos o pájaros. Además, no podías inclinarte sobre las vitrinas, algo imprescindible para poder echarles un buen vistazo.

Lucky quería que, incluso antes de ser realmente famosa, la gente de otros países, y sobre todo de Francia, oyera hablar de la asombrosa nueva organización científica del museo —Lucky la veía ya con claridad— y fueran a visitarlo. Brigitte les hablaría en francés y les explicaría que su pupila (o sea, Lucky) era la que había ideado la disposición. Todas las madres francesas desearían tener pupilas como Lucky.

El horario para trabajar en su idea secreta era perfecto, porque a las diez en punto todos los habitantes de Pote Seco iban a la estafeta a recoger el correo. Como en el pueblo no había mercado ni restaurante ni gasolinera, a la gente le gustaba remolonear comentando las novedades mientras esperaban a que el Capitán repartiera el correo en los apartados postales. Así que Brigitte estaría fuera al menos media hora, tiempo suficiente para trabajar en su idea.

Lucky estaba en su caravana lata de jamón reuniendo sus especímenes cuando Brigitte la llamó desde la caravana cocina.

—¿Has metido tu ropa sucia en la lavadora, Lucky? Voy a lavar.

—Sí, toda.

—Si no vuelvo a tiempo de correos, ¿podrías sacar la ropa y meterla en la secadora? Me gustaría que las toallas quedasen con la suavidad californiana.

—Vale.

Lo de la suavidad californiana quería decir toallas blandas y esponjosas, toallas de secadora, opuestas a las rígidas y ásperas toallas de tendedero.

—No te olvides, Lucky, por favor. Luego hay que lavar las sábanas.

—Vale.

Cuando Lucky oyó cerrarse la puerta y arrancar el jeep, llevó todo lo necesario para su proyecto a la mesa de formica de la cocina. Se suponía que no debía poner sus especímenes en esa mesa, pero necesitaba espacio. Y además, habría acabado para cuando Brigitte regresara.

La colección de especímenes, extraída de sus cajas de lata y alineada, era magnífica. Constaba de una mosca zángano (con aspecto de avispa), dos típulas (con pinta de mosquito), una avispa halcón y una delicada cría de escorpión.

Lucky midió la longitud de la avispa. Medía casi dos centímetros y medio, y era una belleza de grandes alas anaranjadas. La primera vez que ves una puede resultar alarmante cuando zumba a tu alrededor y baja en picado hacia ti. Brigitte les tenía miedo, por más que Lucky le había explicado que apenas atacan a la gente. Lo único que quieren es una tarántula bien gorda.

Lucky empezó a escribir la descripción para la vitrina del museo. Debía ser dramática y científica a la par. Escribió:

Historia de la avispa halcón
y sus víctimas las tarántulas

NO LEER EN VOZ ALTA A NIÑOS
MUY PEQUEÑOS

1. La principal tarea de la AVISPA HALCÓN es
encontrar una tarántula y picarle entre las patas.
A propósito, aunque estas avispas son bastante
grandes y terroríficas, no hay que preocuparse.
Los humanos son para ellas una absoluta pérdida
de tiempo.
2. La AVISPA HALCÓN encuentra por fin una
tarántula. Esto es bastante fácil en otoño, cuando
todas las tarántulas cruzan la carretera principal,

Lucky se detuvo para reflexionar sobre aquel punto. Aún no
había descubierto por qué las tarántulas se dirigían al sur en
otoño, y pensó que sería interesante incluir esa información.
Consideró que los visitantes del museo, que llegarían de todos los rincones del mundo, querrían saber la historia com-
pleta. Decidió preguntarle después a Sammy *el Bajito*, pero
de momento escribió:

aunque nadie sabe por qué, por desgracia.
3. ¡Entonces se produce un enorme combate! La
tarántula intenta huir con todas sus fuerzas. Pero
la avispa gana el combate; está feliz porque ya
puede poner sus huevos, lo que es su principal
deber.

ATENCIÓN: LO SIGUIENTE
ES HORRIPILANTE

4. La AVISPA HALCÓN pica a la tarántula, que se queda paralizada pero no se muere. Entonces la AVISPA HALCÓN cava un hoyo, una TUMBA para la tarántula, y pone su huevo dentro del cuerpo AÚN VIVO de la tarántula. Cuando el huevo eclosiona, no sale todavía la avispa. Sólo sale la larva, pero está muy hambrienta y ¿adivináis a quién se come? ¡A la tarántula!

Lucky estaba encantada con la historia, tan apasionante y espantosa. Los turistas y los visitantes del Centro de Información dirían: «Este pueblecito de Pote Seco tiene un museo estupendo. Me pregunto quién habrá organizado esta exposición tan interesante». Y dirían: «¡Nunca hubiera pensado que llegaría a sentir pena por una tarántula!». Lucky estaba imaginándose grandes grupos de turistas alrededor de la polvorienta vitrina de los insectos, observando embobados la avispa halcón, cuando Brigitte abrió la puerta mosquitera.

Capítulo 8 ∞
Serpiente

DEMASIADO TARDE PARA esconder los especímenes. Lucky los metió en sus cajas lo más de prisa que pudo, procurando no partirles las patas ni las alas, pero Brigitte ya los había visto. En vez de enfadarse y obligar a Lucky a frotar toda la mesa con lejía —y no sólo el trocito sobre el que los especímenes habían estado—, Brigitte fue al fregadero, se apoyó en él y miró por la ventanilla.

—Oh, Lucky —dijo—, otra vez bichos encima de la mesa.

Lucky notó que la carta que Brigitte sostenía era de su padre. Reconoció la letra. Todos los meses les mandaba un cheque, pero siempre sin carta, aunque Lucky nunca perdía la esperanza de recibir una.

—¿Me escribe papá? —preguntó.

Brigitte suspiró y siguió mirando por la ventanilla.

—No, sólo manda el chequecito que no llega para nada.

Con su conjunto quirúrgico verde pálido de la tienda de segunda mano de Sierra City, parecía la bella cirujana de una serie de televisión.

—Yo tengo doce dólares y cincuenta y seis centavos que he ahorrado de mi trabajo en el museo —ofreció Lucky—. Podemos añadirlo al dinero del cheque.

Brigitte respondió alzando un hombro y resoplando, que era su forma de decir: «Olvídalo».

El teléfono sonó justo cuando Lucky se percataba de que no había metido la ropa húmeda en la secadora. Era Lincoln.

—Espera —le dijo Lucky. Después se dirigió a Brigitte—: He olvidado la colada. Ahora mismo voy.

—No —dijo Brigitte con voz ausente, una voz que pensaba en otras cosas. Metió una cinta en el casete, la de canciones francesas cuyas letras se sabía de memoria—. No importa, ya lo hago yo.

—¿Qué pasa? —dijo Lucky por teléfono.

—Nada. ¿Por qué? —Lincoln no era un gran conversador precisamente.

—¡Eres tú quien me ha llamado, Lincoln!

—¡Ah, es verdad! Vale. Es el día de los excedentes.

—Ya lo sé. Ya tenemos los nuestros. Hay un queso naranja muy raro. —Lucky escuchaba a Lincoln colocarse el teléfono. Sabía que estaba haciendo un nudo.

—¿Quieres venir a casa de Sammy *el Bajito*? —preguntó Lincoln.

A Lucky y a Lincoln les gustaba ver cómo preparaba Sammy *el Bajito* la comida del gobierno. Cocinaba de una forma muy particular y le agradaba tener compañía.

—Vale; pero antes tengo que frotar la mesa por el escorpión, la mosca, las típulas y la avispa halcón que he... —Se interrumpió cuando Brigitte dio un grito y cerró de golpe la secadora.

—Espera, Lincoln —dijo Lucky, antes de soltar el auricular. Al instante, Brigitte pasó por su lado, la agarró de la mano y la arrastró al exterior. *HMS Beagle* las siguió muy nerviosa.

—¿Qué pasa? —preguntó Lucky.

Brigitte tenía los ojos desorbitados y la cara roja. Parecía despedir oleadas de calor bajo la cegadora luz del sol.

—Pasa —dijo sin aliento—, que hay una serpiente —pronunció la palabra «serpiente» como otros dirían «rata muerta podrida llena de pus»—, que hay una serpiente en la secadora.

Señaló con gesto dramático la zona del lavadero, que se encontraba al final de la caravana cocina.

Con mucho aplomo y mucha calma, para demostrarle a Brigitte que las serpientes eran muy limpias y nada repulsivas, Lucky dijo:

—Entiendo, hay una serpiente en la secadora. —Lo dijo como si encontrarse una serpiente en la secadora fuese lo más normal del mundo. Se apoyó relajada sobre el lateral de aluminio de la caravana—. ¿Qué tipo de serpiente?

Brigitte se frotó los ojos con los pulpejos de las manos.

—¡De las gigantes! —exclamó.

Brigitte no quería verlas ni en foto, lo que a Lucky le parecía muy, pero que muy tonto, porque una foto no puede hacerte daño. Pero Lucky sabía que, para Brigitte, una serpiente real en la secadora era tropecientas mil veces peor que cualquier foto.

Volvió a entrar en la caravana; Brigitte le iba pisando los talones.

—¡Ni se te ocurra abrir la puerta de la secadora! —gritó Brigitte—. ¡Está dentro!

—¿Quién?

—¡La víbora! ¡Seguro que se ha colado en la caravana y ha trepado a la secadora! —El brazo y la mano de Brigitte remedaron el deslizamiento de una serpiente—. Tenemos que sellar la secadora para que no se escape. Rápido, trae la cinta adhesiva gris.

—Bueno, ¿qué tipo de serpiente era? —volvió a preguntar Lucky.

—Estoy segura de que era una víbora, ¡una serpiente de cascabel! ¡Cómo se puede vivir en un sitio donde puedes morir por hacer la colada!

En su fuero interno, Lucky admiraba a las serpientes porque estaban muy bien adaptadas a su hábitat. Había leído algo sorprendente sobre ellas: al principio tenían patas pero las perdieron al evolucionar, porque así se movían mejor. De hecho, Lucky se figuraba que una persona normal pensaría:

«Seguro que esas pobres serpientes esperaban que les salieran patas al evolucionar». Ella nunca se hubiera imaginado que era mejor no tener extremidades inferiores que tenerlas.

Pero dudaba que Brigitte conociera lo suficiente a las serpientes para saber si se trataba de una cascabel o de alguna otra más inofensiva.

—Brigitte, ¿qué aspecto tiene? ¿De qué color es? —le preguntó.

Brigitte se encogió de hombros y pareció sentirse ofendida, como si la respuesta fuese obvia.

—¡De color serpiente! —replicó.

Lucky suspiró.

—¿Qué forma tiene su cabeza?

Cuando Brigitte no sabía la respuesta a una pregunta, solía actuar como si la pregunta fuese idiota o, si no, cambiaba de tema contestando algo que no tenía nada que ver.

—Ya le miraremos la forma de la cabeza cuando se muera, Lucky, cuando no sea peligrosa.

—¿Te refieres a cuando se muera de vieja? —Lucky no daba crédito a sus oídos—. ¡Eso puede llevar años! Habrá que colgar la ropa en el tendedero, y las toallas no quedarán con la suavidad californiana.

—Lucky —dijo Brigitte cruzando los brazos sobre el pecho—, vete ahora mismo a buscar la cinta adhesiva gris, por favor.

—Espera... ¡Hala! He dejado a Lincoln al teléfono. Ahora vuelvo.

Lucky levantó el auricular.

—Hay una serpiente en la secadora —dijo.

—La abuela de Miles también tuvo una en la suya. Le entró por el conducto de ventilación que da al exterior de la caravana.

—¿Y qué hizo?

—Treinta minutos de programa normal.

—¡Bromeas!

Lincoln guardó silencio un momento.

—No —dijo—. Es lo que hizo. Su secadora no tenía ventanilla para mirar. ¿La tuya tiene?

—No, es toda metálica. ¿Por qué?

—No sabía si era una cascabel, así que la mató.

—Brigitte quiere sellar la puerta con cinta adhesiva y esperar a que se muera de vieja. Supongo que después querrá sellar todo el exterior de las caravanas.

—Podemos cazar un ratón y usarlo como cebo para sacarla.

Todos los planes de Lincoln eran simples y complicados al mismo tiempo. Eran tentadores, pero te suscitaban dudas aun antes de ponerlos en práctica. Pero a Lucky ya se le había ocurrido su propio plan.

—Nos vemos en casa de Sammy *el Bajito* dentro de media hora —dijo, y colgó. Volvió a la zona del lavadero con la cinta adhesiva y unas tijeras, y se las dio a Brigitte.

Ésta pegó la cinta en un borde de la secadora, la apretó con fuerza, despegó más cinta y la presionó contra el metal, hasta que tuvo la puerta firmemente sellada. Ningún tipo de criatura podría salir por allí.

Lucky se subió a la secadora, desde donde veía el exterior por una ventanilla.

—¿Qué haces, Lucky? —preguntó Brigitte, exhibiendo una mirada que decía: «No te atrevas a tocar la cinta de la puerta».

—Espera un momento —dijo Lucky. Sin quitar la vista de la ventanilla, golpeó la secadora con la suela del zapato. Después, sujetándose a la pared, estampó el pie contra los lados y la tapa. Brigitte la observaba; una de sus buenas cualidades era que no actuaba como si fuera la jefa absoluta de todo. En especial cuando se trataba de cómo funcionaban las cosas en Pote Seco en comparación con cómo funcionaban en Francia, así que Brigitte estaba deseosa de escuchar las sugerencias de Lucky.

En seguida, a través de la polvorienta ventanilla, Lucky vio que la serpiente se alejaba de la caravana.

—¡Se ha ido! —dijo. Lucky saltó al suelo y salió a tiempo de ver cómo el largo cuerpo rojizo sin patas ni cascabel desaparecía en el arroyo seco. Era preciosa, de un metro y medio de largo, fina como una manguera. Lucky pensó que se trataba de una chirrionera, un tipo de culebra que come ratones y se enfrenta incluso a las cascabel.

Lucky se sintió de maravilla con su Gran Hazaña de librarse de la serpiente sin tener que matarla de forma truculenta ni esperar a que se muriera de vieja. Además, si hubiera sido una cascabel, no habría mordido a nadie. Entró en la caravana pensando en que debería idear algún tipo de rejilla para que ninguna serpiente volviera a colarse por el conducto.

En aquel momento se consideraba un ser humano altamente evolucionado.

Pero Brigitte estaba frente al armarito del baño, revolviendo entre las aspirinas, los bastoncillos de algodón y el acondicionador de pelo.

—¡Ahora no encuentro el quitaesmalte! ¡Y no hay otra cosa para despegar ese pringue asqueroso de la cinta adhesiva! —dijo—. ¡Tener serpientes en las secadoras está mal! En Francia nunca hubiera pasado una cosa así. ¡California es un país sin civilizar!

Lucky no dijo ni pío. Se llevó un disgusto y una desilusión demasiado grandes. Brigitte odiaba los insectos y odiaba las serpientes y creía que California era un país. Y encima los cheques de su padre eran una birria.

Las bellas y tristes canciones francesas se repitieron una y otra vez; el sonido se perdía por la ventanilla y se adentraba en el aire seco del desierto. Lucky no entendía el significado de las letras, pero sí entendió que Pote Seco estaba echando a Brigitte, y que Francia le pedía a gritos que volviera.

Capítulo 9 ∞
En casa de Sammy *el Bajito*

LA CASA DEPÓSITO DE AGUA se olía de lejos, porque friera lo que friese Sammy *el Bajito* en su gran sartén negra de hierro fundido, lo freía en grasa. Alubias, tortillas, lechugas, manzanas... lo que fuera, lo freía en grasa, preferiblemente en grasa de beicon. El olor de la casa depósito de Sammy activaba la glándula del apetito de Lucky.

Ella y *HMS Beagle* recorrieron el sendero de Sammy *el Bajito*, que era de la clase de sendero en que no te podías perder, porque estaba bordeado por viejos neumáticos en cuyos centros crecían cactus, lo que te aseguraba que te dirigías hacia adelante en línea recta, más que nada porque tus pies no tenían la menor posibilidad de equivocarse.

La casa había sido un gigantesco depósito de agua metálico hasta que le salieron demasiados agujeros y el pueblo decidió comprar otro. Sammy consiguió el antiguo para hacerse su casa, una gran habitación circular con cuatro ventanas recortadas. La puerta había sido serrada de forma un tanto irregular y estaba sujeta con bisagras de cuero. No había cerradura, porque Sammy *el Bajito* no tenía especial apego a sus bienes, excepción hecha de su gran sartén negra de hierro fundido.

Lucky pensaba que la casa depósito de Sammy *el Bajito* era mejor que las normales, porque su interior no te daba la impresión habitual de algo cuadriculado y rígido, ni de habitaciones distintas. Todo lo contrario, era una práctica casa de una sola habitación con una cama, una estufa donde Sammy cocinaba en invierno, una mesa redonda, tres sillas, un cajón de embalaje lleno de libros con una guitarra encima, y clavos de los que colgaban un calendario, ropa y tres sombreros blancos de cowboy manchados. Sammy guardaba algunas otras cosas, como su equipo oficial de Adopte una Carretera —chaleco naranja, casco y bolsas de basura—, en el gran maletero de su Cadillac del 62.

Sólo había un retrato: la foto de la cara sonriente y bobalicona de un perro. Estaba encajada en una lata cuyos bordes conformaban un marco diminuto y perfecto que daba al conjunto aspecto de hornacina. Lucky sabía que se trataba de una instantánea del perro de Sammy, *Roy*, que por no morir a consecuencia de la mordedura de una cascabel consiguió que Sammy dejara la bebida.

El suelo era de piedras planas que encajaban a la perfección, como las piezas de un rompecabezas, con las grietas rellenas de cemento; era un suelo en el que podías derramar cosas sin llevarte un disgusto. Sammy *el Bajito* se limitaba a regarlo de vez en cuando, y entonces olía de maravilla, a una mezcla de tierra y piedra mojada.

En el exterior había una manguera para el lavado y las duchas, una parrilla para cocinar en verano y un retrete en la parte trasera.

Al entrar detrás de *HMS Beagle*, Lucky oyó la voz suave de un locutor de radio y la voz gruñona de Sammy.

—He intentado fundirlo, tío..., pero no se funde. He intentado rallarlo... y se hace un pegote. Debe de ser algún tipo de arma secreta —decía Sammy *el Bajito*. En el centro de la habitación, sentado a una áspera mesa de madera que había sido una gran bobina de hilo eléctrico, Lincoln se inclinaba sobre una bolsa de patatas fritas que comía con cuchara. A su lado, sobre el tablero, había un trozo de cuerda con nudos.

—Sammy ha estado experimentando con el queso del gobierno —le explicó Lincoln a Lucky. El locutor de radio advertía sobre los atascos.

—Hasta la fecha nadie ha descubierto qué hacer con él para convertirlo en algo apetecible —dijo Sammy. Empujó hacia atrás el ala de su sombrero de cowboy y miró el queso con expresión de perplejidad—. Pero el chile está bueno. Lo he preparado con el cerdo enlatado de los excedentes del gobierno. Sírvete.

Un montón de gente, Brigitte en especial, estaban convencidos de que Sammy *el Bajito* cocinaba con demasiada grasa. Brigitte insistía en que Lucky debía contestarle muy educadamente que no tenía apetito si él le ofrecía algo.

—Vale, sí, gracias —contestó Lucky. Sammy abrió otra bolsa de patatas fritas y se la dio a Lucky con una cuchara.

—La sartén está fuera; la tapa quema.

Lucky levantó la tapa con un trapo, la dejó sobre una piedra y echó cucharadas de alubias con cerdo en la bolsa de patatas fritas. Luego volvió a dejar la tapa en su lugar.

—... una colisión —decía el locutor— en la 101 Sur, en el centro de Los Ángeles. Tráfico lento en la 10, debido a una fuga de aceite. Es mejor que tome por la 60 si le es posible. Ya se han retirado los restos del choque en cadena de tres vehículos en la autopista de Pasadena cerca del nivel cuatro...

Sammy *el Bajito* vertió agua caliente sobre los posos de café que contenía una manga de filtrar y meneó la cabeza.

—El tráfico de Los Ángeles es horroroso —dijo; parecía muy complacido. El informe del tráfico le ponía siempre de buen humor—. Hoy es sábado, y están igual que a la hora punta del lunes.

Echó un café muy negro a una taza de lata.

—¿Qué ha pasado con la serpiente? —preguntó Lincoln, rebañando su chile con patatas fritas y lamiendo la cuchara.

—La he asustado y se ha marchado. —Lucky se dejó caer en una silla—. Era una culebra chirrionera.

La receta de Sammy *el Bajito* era perfecta: además de estar riquísima, no había que fregar platos; sólo las cucharas y la sartén cuando se vaciaba.

Sammy *el Bajito* apagó la radio, aunque el informe del tráfico no había acabado.

—Las chirrioneras son buena gente, tío —dijo—. Nos libran de las cascabeles y de los crótalos cornudos.

—Ya lo sé —dijo Lucky—, pero Brigitte las odia. El chile está muy bueno.

Sammy espantó las moscas con su taza. Entonces dijo algo extraño:

—Brigitte es maja. Lo único que necesita es algo que hacer. Se aburre.

Lucky opinaba que con ser su tutora, Brigitte tenía quehacer de sobra. ¿Cómo podía aburrirse? Además, aparte del trabajo de Lucky en el Centro de Información y Museo de Móviles Sonoros de Objetos Encontrados, el trabajo de clasificación del correo para el Capitán y el de la Bisutería y Salón de Belleza de Dot, en Pote Seco no había empleos, por mucho que te empeñaras en buscarlos.

—No estaría mal que abriera un restaurante o algo así —dijo Lincoln, que adoraba el pastel de manzana a la francesa de Brigitte—. Apuesto a que vendría gente de Talc Town y los alrededores, y también los geólogos de Los Ángeles y los turistas.

Mientras Lucky lo miraba, él asió la cuerda de la mesa, tiró de ambos extremos y la fila de nudos se deshizo como por arte de magia. Al instante empezó a hacer otros.

Lucky imaginó un restaurante cuyo menú incluyera cosas como lengua y mollejas, que son en realidad un tipo de glándula, y ostras y caracoles y conejos, cosas que seguro que los franceses desayunaban, comían y cenaban a diario; pero Lucky dudaba que en Pote Seco hubiera clientes para un restaurante así.

Sammy *el Bajito* se acuclilló al lado de *HMS Beagle* y le rascó detrás de las orejas. *HMS Beagle* adoraba la casa de Sammy porque le encantaba tumbarse en el fresco suelo de piedra, y porque Sammy *el Bajito* era su mejor amigo después de Lucky desde que le extrajo quince espinas de cactus del hocico cuando era cachorrita.

—Me pregunto de dónde habrán sacado este queso —dijo Sammy.

De repente, Lucky recordó las revistas que la madre de Brigitte mandaba de Francia, con fotos de bellos castillos y casas.

—Sammy —dijo—, ¿has estado en Francia alguna vez?

—Pues claro —contestó Sammy *el Bajito*—, pero de eso hace mucho.

Lucky supuso que se refería a antes de tocar fondo, cuando aún bebía ron y vino casero.

—En Francia hay un museo muy famoso —comentó Lincoln.

—Sí, el Louvre. Recuerdo un café que quedaba cerca —dijo Sammy *el Bajito*.

—Y ¿qué preferirías, vivir en Francia o en Pote Seco?

Sammy *el Bajito* dio a *HMS Beagle* un último rascado de tripa y le echó una miradita a Lucky por debajo del ala de su sombrero. Se levantó, sus rodillas chasquearon como cuando te chasqueas los nudillos, y giró sobre los tacones de sus botas puntiagudas.

—Pues mira, tío —dijo. Se dirigió a la ventana, una gran abertura cuadrada situada a la altura precisa para servir de marco a la cara de Lucky. Sammy *el Bajito* y ella eran de la misma estatura, aunque las botas y el sombrero le dieran a él cierta ventaja—. Míralo.

Lucky miró por la ventana al revoltijo de cobertizos, caravanas, excusados, casuchas y vehículos oxidados de más abajo. Dot estaba en su patio trasero tendiendo toallas blancas. En los confines del pueblo, la caravana lata de jamón de Lucky se curvaba en semicírculo con las otras dos.

—¿Qué? —dijo Lucky buscando lo que Sammy quería que viera.

Lincoln se acercó a la puerta abierta para mirar en la misma dirección.

—Pote Seco —dijo Sammy *el Bajito*—. PS, 43 habitantes. Y todo lo que no es Pote Seco. Mira.

Lucky miró.

Más allá del pueblo, el desierto se extendía como un océano verde pálido hasta donde alcanzaba la vista, hasta las estribaciones de las montañas Coso y, detrás de ellas, hasta la enorme y negra cordillera, el borde roto de una gigantesca taza en cuyo fondo se encontraba el diminuto Pote Seco. El cielo se arqueaba hasta el infinito como una sábana azul, ocultando infinidad de estrellas, planetas y galaxias que estaban siempre allí, aunque no pudieran verse. Emanaba tanta paz y era tan inmenso que sosegaba. Te daba la sensación de que podías ser lo que quisieras, de que sólo estabas hecho de esperanza.

«PS», pensó Lucky. PS eran las siglas de Pote Seco, pero también eran las siglas de Poder Superior. Quizá Pote Seco era el Poder Superior de Sammy *el Bajito*, por su quietud y su paz y su olor dulce, aunque sólo fuese un pueblo viejo y oxidado, aunque estuviese perdido en medio de la nada. Lucky se preguntó si sería capaz de conseguir que Brigitte amara Pote Seco tanto como amaba Francia.

El techo corrugado de Sammy *el Bajito* emitía tintineos suaves, semejantes a gotas de lluvia, al dilatarse bajo el sol.

—Me refería al museo —continuó Lincoln—... no sé cómo lo pronunciarás tú, Le Musée Mondial du Nœud. Es un museo de nudos. Me enteré por *Noticias de nudos*.

Lucky suspiró. Su cerebro estaba atascado por las preguntas y ella ni siquiera sabía con exactitud cuáles eran.

Sammy *el Bajito* miraba con expresión ceñuda el bloque de queso.

—No queda otra; yo lo frío en grasa de beicon, tío —dijo.

Capítulo 10 ⊚
La urna

EL DOMINGO POR LA MAÑANA Lucky se levantó deseando preguntarle a Lincoln algo importante. Le telefoneó y quedaron en encontrarse después del desayuno en la estafeta, porque estaba cerca y no habría nadie por los alrededores.

Lucky quería hablar con Lincoln de su urna. No a todo el que muere se le entierra en el suelo. Algunos son incinerados, lo que Lucky desconocía antes de la muerte de su madre. Descubrió que la incineración consiste en que llevan a la persona muerta a un lugar llamado crematorio y la meten en una caja. La caja pasa por un proceso especial (Sammy *el Bajito* se lo había explicado) y sólo quedan partículas y cenizas.

Después meten esos restos en un recipiente que se llama urna.

Si nunca has visto una, la urna te parece un jarrón reluciente para flores, salvo por la tapa abatible con seguro que la mantiene bien cerrada y evita derramamientos en caso de caída.

Dos días después de la llegada de Brigitte a Pote Seco, un desconocido trajeado y con gafas de sol entregó la urna a Lucky. Ella pensó que se trataba de un error, porque entonces sólo tenía ocho años y no sabía qué hacer con aquello. Por eso intentó devolverla.

El desconocido le dijo:

—Éstos son los restos de tu madre. Debe celebrarse un acto conmemorativo donde puedas arrojarlos al viento.

Lucky se quedó mirando fijamente al hombre. No entendía de qué hablaba.

Eso había sido dos años atrás. Pero todavía, de vez en cuando —y aquel día era una de esas veces, mientras ella y *HMS Beagle* trotaban hacia la estafeta para encontrarse con Lincoln—, a Lucky le preocupaba la urna.

En opinión de Lucky, Lincoln tenía mejor aspecto de lejos: podías imaginarte cómo sería cuando le quedaran bien las orejas. Además, al crecer, su cabeza parecería menos grande y su cuello menos escuálido. Hasta la fecha no tenía pinta de presidente, que era lo que su madre deseaba que fuera y razón por la cual le había puesto el nombre Lincoln Clinton Carter Kennedy. Lucky pensaba que tenía más probabilidades de llegar a presidente del Gremio Internacional de Anudadores. Las madres tienen sus cosas buenas, sus cosas malas y sus cosas estrambóticas, pero Lucky comprendía que la madre de

Lincoln no podía saber cuando él nació que el chico sentiría tanta atracción por los nudos.

—Lincoln —dijo Lucky, agachándose para mirar las líneas que él había dibujado en la tierra—, ¿te acuerdas de cuando murió mi madre?

—A ella no la recuerdo muy bien, pero recuerdo el..., ¿cómo lo llamaste?... No el funeral, sino el...

—Acto conmemorativo.

—Eso. ¿Tú no te acuerdas? —Lincoln rascó el suave pecho de *HMS Beagle*.

—Más o menos.

Habían pasado casi dos años. Lucky recordaba al detalle la mayor parte, pero quería saber qué decía Lincoln.

—¿Qué recuerdas? —le preguntó.

Lincoln le echó una miradita y desvió la vista hacia su dibujo, que resultó ser una especie de nudo. Aunque Lincoln echara un vistazo de un solo segundo, su mirada era penetrante y perspicaz, como si dispusiera de rayos X en los ojos.

—Asistió el pueblo entero —dijo—. Todos los coches y los camiones avanzaron en fila, y algunos perros iban detrás. Se celebró en las cuevas abandonadas, a las afueras, en pleno desierto, sin nada de sombra. Pero el sol se estaba poniendo y refrescó, y la gente se quedó por allí y Sammy tocó la guitarra. Tocó *Amazing Grace*, y la cantó todo el mundo, y fue triste y precioso. —Lincoln frunció el ceño—. Recuerdo que, sobre todo al mirar hacia el desierto, había ese olor especial que queda después de... —Las mejillas y las puntas de las orejas de Lincoln enrojecieron de repente.

Lucky acabó la frase:

—Después de llover. Lo sé, ¿vale? Ese olor también me lo recuerda a mí. No hay necesidad de que evites mencionar la lluvia. La lluvia no tuvo la culpa de lo que pasó.

—Vale —dijo él, profundizando las líneas de su dibujo.

—Se suponía que yo debía esparcir sus cenizas —dijo Lucky—, porque era su pariente más directo.

—¿Por qué no lo hiciste?

Lucky no contestó de inmediato. Estaba recordando que una vez, en su habitación, poco antes del acto conmemorativo, había abierto la urna para mirar dentro. Las partículas eran como granos de arena blancuzca. Pero cuando las miró más de cerca, le parecieron trocitos de hueso.

Lucky metió la mano y revolvió el interior. Estaba aterrada y emocionada, como si estuviera haciendo algo bueno y malo al mismo tiempo. Sintió en los dedos algo seco, con tacto plumoso, y un montón de fragmentos quebradizos y ligeros.

Eran los restos. Los restos de su madre. Después de eso había cerrado y asegurado la tapa con mucho cuidado y había puesto la urna en su cama. Se había acurrucado junto a ella.

Al principio apoyó una mano encima, pero luego la rodeó con sus brazos como una niña que abrazara una muñeca, o una madre que acunara a un hijo. Después se sentó, abrió la tapa de nuevo y dejó caer unas lágrimas en su interior. Quería mezclarlas con los restos de su madre. No sabía si eso estaba permitido, así que lo hizo de forma muy secreta y muy callada, sin contárselo a nadie.

—Porque eran los restos de mi madre —explicó por fin. Lincoln asintió con la cabeza.

—La gente quería que quitaras la tapa del jarrón —dijo—, y no hacían más que decirte lo suave que era la brisa y lo bien que se llevaría las cenizas al desierto. Todos intentaron convencerte...

—Urna —dijo Lucky—. Se llama urna. Había un grupito de burros mirándonos.

Eran cuatro, perfilados en la ladera de una colina, mirándolos desde el lateral de sus caras.

Hasta entonces Lucky no concía la ceremonia de esparcir las cenizas de la persona que había muerto. Alguien le explicó que a la gente le gustaba devolver las cenizas a la tierra, que de esa manera su madre formaría parte del desierto y estaría siempre junto a ella.

Pero aquello no tenía sentido. Si echas algo al viento, los restos de tu madre por ejemplo, si arrojas esos restos al desierto, ¿cómo van a estar siempre contigo? Lucky había estrechado la urna contra su pecho y había mirado fijamente a los burros sin saber qué hacer.

Recordaba la mano de Brigitte sobre su hombro, ejerciendo el tipo de presión firme que ejercerías para evitar que un cachorro se escapara. Brigitte dijo que era hora de volver y que Lucky podía quedarse con la urna y guardarla. Pero entonces, de pronto, Lucky no la quiso. Se la dio a Brigitte, como si después de todo sólo fuera un jarrón, y corrió a sentarse en la parte trasera del coche de Dot para volver a casa con la vista atrás, fija en los burros de la colina hasta que se perdieron en el horizonte.

—Fue tu padre —dijo Lincoln— quien logró que te dejaran en paz. Dijo que debías decidirlo tú, y que decidieras lo que decidieras estaría bien.

—¿Mi padre? ¡Mi padre ni siquiera estaba allí! ¡Yo no lo conozco de nada!

Las orejas de Lincoln enrojecieron de nuevo.

—¿No recuerdas al hombre alto con gafas de sol? Era el único que llevaba traje con aquel calor.

—Ése era el hombre del crematorio —dijo Lucky, pero sintió que se le encogía el corazón—. ¿Por qué dices que era mi padre?

—Sólo recuerdo que la gente decía que era el ex marido de Brigitte, y que pensé que era raro —dijo Lincoln—. Y entonces Dot le dijo a la gente: «El padre de Lucky se ha encargado de todo», y lo señaló con la barbilla como acostumbra hacer.

Lincoln se levantó y retrocedió unos pasos, como si temiera la reacción de Lucky.

Ella emborronó el dibujo del nudo con el tacón de su zapatilla.

—Todo aquello fue una estupidez —dijo—. Si era mi padre, ¿por qué no me lo dijo?

—Mira —dijo Lincoln—. Toma.

Sacó un nudo de su bolsillo. Era grande y complicado, de cordón de seda verde y azul.

—Es un nudo redondo de diez hilos.

Parecía una joya, era intrincado y bello.

Hizo que brotaran lágrimas de los ojos de Lucky, lo que a ella le resultó de lo más embarazoso.

—Lincoln —le dijo—, la gente cree que eres un poco despistado, pero no lo eres en absoluto.

—Sé que soy un poco...

Lincoln escribió con su palo la palabra que faltaba: NU-DOSO.

Después le enseñó el palo a *HMS Beagle* y lo lanzó con un airoso movimiento de brazo; *Beag* corrió y, de un salto, lo agarró con la boca y se lo devolvió para que lo lanzara de nuevo.

Lucky guardó el regalo de Lincoln en el hueco de la mano. El pulcro nudo redondo con aspecto de botón no tenía hilos salientes que pudieran desanudarlo, y ni en un millón de años podrías descifrar cómo lo había hecho Lincoln. Nunca averiguarías cómo había enlazado y anudado una y otra vez cordones que no servían para nada, que estaban abandonados en un cajón, hasta convertirlos en aquel precioso objeto.

Nunca antes había advertido Lucky que las secreciones anudadoras de Lincoln le proporcionaban una visión especial. Lucky pensaba que hacía nudos por razones prácticas, por si alguna vez debía amarrar un barco a un muelle o colgar una cuerda de un árbol. Ahora sabía que Lincoln era un artista, que era capaz de ver la esencia del nudo.

Lucky deseó ser también una artista, para ordenar los complicados hilos de su vida —la urna que aún guardaba, el desconocido del crematorio, Brigitte y Miles, *HMS Beagle* y Sammy *el Bajito*, el Capitán y la gente anónima, Dot y el propio Lincoln— y entrelazarlos en un hermoso y terso nudo de diez hilos.

Capítulo 11 ✑
Fumadores Anónimos

COMO LUCKY TENÍA LIBRE el sábado, porque ese día no se celebraban reuniones, el domingo por la tarde recogió los desperdicios del viernes de Alcohólicos Anónimos. Había un montón de colillas, porque los ex bebedores hablaban y fumaban en el patio después de reunirse. Los ceniceros, grandes latas de café y macetas llenas de arena, acababan llenos a rebosar, y los ex fumadores no querían ver ni oler las colillas cuando terminaban su correspondiente reunión.

Lucky fue de nuevo al contenedor y dejó el recogedor y el rastrillo. Ya se oía movimiento en el interior del museo, así que se sentó muy quieta en su silla de jardín.

Lo mejor de las reuniones venía después de la lectura de un libro titulado *Doce pasos y doce tradiciones*. Aunque era un poco aburrido, Lucky escuchaba atentamente por si se mencionaba algún dato sobre la forma de encontrar tu Poder Superior. Después la gente contaba sus interesantes y aterradoras historias de cuando habían tocado fondo.

El primero en hablar fue el Capitán. Antes de conseguir su empleo en la estafeta, pilotaba aviones en una compañía aérea, por lo que Lucky reconoció en seguida su voz serena y responsable de piloto. El Capitán dijo que era tan adicto a los cigarrillos, que fumaba hasta en la ducha. Fumaba desde el primer momento en que abría los ojos por la mañana hasta que conciliaba el sueño por la noche. Fumaba mientras comía. Incluso causó una enorme quemadura en el traje de su novia la víspera de la boda.

Hasta ese momento la historia era excelente. Entonces el Capitán contó que su mujer le dio a elegir: o él dejaba de fumar o ella se divorciaba.

—Le pregunté qué le parecía si me pasaba a los bajos en alquitrán, con filtro —dijo—. Pensé que era un sacrificio considerable para un fumador de Camel. Ella no opinó igual y se marchó. Entonces estuve a punto de tocar fondo. Recuerdo que pensé: «¡Mi mujer acaba de abandonarme! ¿Cómo voy a dejar el tabaco ahora?».

La gente se rió y aplaudió.

El Capitán dijo:

—Pero entonces asistí a una reunión y puse en práctica los doce pasos. Encontré mi Poder Superior. Y aquí estoy.

Las enzimas de Lucky empezaron a arremolinarse. Se inclinó hacia adelante para no perderse ni una palabra. Quizá el Capitán explicara con detalle cómo y dónde había encontrado su Poder Superior, lo que sería de gran ayuda. Hasta el momento, Lucky no había encontrado su Poder Superior por ninguna parte, aunque estaba pendiente del más ligero indicio.

Una persona con Poder Superior sabría qué hacer con una tutora que, cuando hacía demasiado calor, o se oía música francesa, o encontraba una serpiente en la secadora, parecía dispuesta a dejarlo todo y volverse a Francia.

Alguien carraspeó y gritó:

—¡Me llamo Mildred! ¡He elegido no fumar!

Lucky estuvo a punto de caerse de la silla. Era la señora Prender, la abuela de Miles. Nunca la había oído hablar en ninguna reunión.

La señora Prender continuó:

—Ingresé en el hospital con pulmonía cuádruple. Cuando el médico me dijo que, si no dejaba de fumar, me moriría, le busqué las vueltas y encendí un cigarrillo. Tosí con tanta fuerza que me rompí una costilla, así que tuve que dejarlo un tiempo, hasta que me dieron el alta. El día siguiente de volver a casa se me cayó un cigarrillo en el sofá y lo incendié, y luego me incendié el pelo. Llamé a los bomberos y salí a esperarlos. Bien, pues como estaba lloviendo, me quedé allí en la calle balbuceando y tratando de fumarme un cigarrillo mojado. Pero no fue entonces cuando toqué fondo.

Lucky decidió que la historia de la señora Prender era incluso mejor que la del Capitán.

—Fue por mi hija mayor. Yo sabía que me había quitado cigarrillos desde que era jovencita, pero nunca había hecho nada al respecto. ¡Qué le podía decir, si yo también fumaba! Hace un par de años me llamó la policía de Los Ángeles para que fuese a recoger a su hijito. La habían arrestado por vender hachís.

Lucky frunció el ceño. El hijito tenía que ser Miles. Pero se suponía que la madre de Miles estaba en Florida, cuidando de una amiga enferma.

La señora Prender prosiguió:

—Fui a Los Ángeles a buscar a mi nieto. Mi hija debía cumplir una condena considerable. Entonces me dije: «Ya está bien, no pienso criar a otro niño dándole mal ejemplo». —La señora Prender se sonó con fuerza la nariz—. Una vez que decidí dejarlo, fue como apagar un interruptor. Me limité a hacerlo. De eso hace ya casi dos años.

Lucky se llevó el mismo sobresalto que sientes cuando tienes muchas ganas de hacer pis y te bajas las braguitas a todo correr y te sientas en el inodoro sin mirar, y resulta que un hombre o un chico que ha entrado antes se ha olvidado de bajar el asiento. Entonces tu trasero, que espera el agradable tacto del plástico, se queda helado al chocar con el estrecho borde de la taza, mucho más frío, más duro y más bajo. Tu trasero es presa del pánico debido a la desagradable sorpresa. Así fue como se le heló el corazón a Lucky cuando se enteró de que la madre de Miles estaba en la cárcel.

Capítulo 12 ∞
Perejil

DESPUÉS DE CENAR, Lucky fregó los platos. Aún se acordaba un poco de la señora Prender, pero pensaba sobre todo en el perejil. Antes de que Brigitte llegara a Pote Seco, Lucky nunca hubiera imaginado que el perejil podía ser tan importante. Si alguna vez se acordaba de su existencia era porque estaba en un sitio raro como el Restaurante de la Familia Smithy, de Sierra City, donde servían la hamburguesa en plato y la adornaban con un ramito de perejil.

La elegancia del local de los Smithy se notaba en seguida porque la camarera, Lulú, envolvía cada tenedor, cuchillo y cuchara en una servilleta de papel, como si fuese un regalito, y eso hacía que te sintieras bien recibido. Otra excelente cualidad era que, si se lo pedías, Lulú te servía dos rodajas de limón más para tus palitos de pescado, «sin cargo adicional», en un platito especial para ese tipo de complemento. En los platitos de algunos clientes se veían aceitunas atravesadas por palillos con volantes de celofán, que causaban el mismo efecto que el ramito de perejil de la hamburguesa: quizá no resultaran necesarias como el kétchup, por ejemplo, pero hacían fino. Lucky notaba que casi nadie se lo comía; estaba allí sólo por el capricho de añadir un bonito adorno verde. Además parecía saludable, y lograba que los que cuidaban de su salud no se sintieran tan culpables por el colesterol que rebosaba de la hamburguesa en forma de jugo.

Para Brigitte, el perejil era «esencial», pero no del mismo modo que en el local de los Smithy. Lo picaba y lo espolvoreaba prácticamente sobre todo, hasta sobre los alimentos en que la gente normal no lo notaba. Se lo echaba a los pepinos, a la sopa de fideos, a las alubias, a las tostadas de ajo. Se lo añadía a la salsa de carne, a los huevos, a la salsa de mantequilla fundida y, en especial, a la comida gratuita del gobierno. Y en su fuero interno Lucky debía admitir que a todo le daba un sabor fresco y herbal, sin destacar demasiado ni hacerte decir: «Ay, perejil otra vez».

Como Brigitte era tan amante del perejil, a Lucky no debería haberle extrañado que en Francia existiera una pequeña picadora especial para él, donde lo metías en un embudo, girabas una manivela y, ¡sorpresa!, salía por debajo ya picado. No necesitabas cuchillo ni tabla de cortar ni nada por el estilo; podías ir directa al plato y girar la manivela, así de fácil. Por supuesto, la madre de Brigitte mandó una picadora de perejil de buenas a primeras en cuanto su hija le dijo que echaba de menos tener una. Y Brigitte había llorado, y había reaccionado como si fuese el mejor regalo de su vida.

La picadora de perejil tuvo la culpa de que Lucky tocara fondo el domingo cuando volvió a casa después de la reunión de Fumadores Anónimos. Para la cena, Brigitte había preparado sándwiches abiertos de rodajas de tomate y queso fundido con perejil. Lucky comió sólo la mitad del suyo porque no podía más, y dejó que Brigitte creyera que se debía al calor y no a las patatas fritas con chile de Sammy *el Bajito*. Pero a Lucky aún le quedaba sitio para *clafouti*, una especie de pudín de fruta; el de ese día estaba hecho con los albaricoques enlatados del gobierno, aunque en el pudín no se distinguían de los albaricoques enlatados normales.

La picadora de perejil tuvo la culpa, porque lo único que Lucky hizo fue lavarla como siempre. Mientras estaba fregando, Miles entró para una incursión galletera emitiendo ruidos de neumático chirriante. Brigitte le revolvió el pelo y le dijo que podía tomar un trozo de *clafouti*. Mientras lavaba la picadora, Lucky dobló sin querer un poco una de las cuchillas. Fue un simple accidente cien por cien, y ella ni siquiera se dio cuenta.

Pero cuando encajó las dos partes, introduciendo las cuchillas en el embudo, descubrió que la manivela no giraba.

Se lo enseñó a Brigitte.

Ella dijo:

—*Oh, la vache!*

Lo que significa, como Lucky sabía, «¡Oh, la vaca!», pero

lo dijo como si dijera: «¡Oh, qué dolor!» o tal vez «¡Oh, qué pena tan grande!». Cuando Brigitte decía «Oh, la vache!», no se refería para nada a una vaca.

Brigitte intentó enderezar la cuchilla torcida, y acabó soltando un *pfff* de frustración.

Miles tragó un bocado de *clafouti* y dijo:

—Llévaselo a Dot para que lo arregle. Tiene un montón de pinzas y herramientas de joyería.

—Espera un momento —dijo Lucky—. Déjame a mí.

Se hizo con un cuchillo de mesa y con mucho cuidado enderezó la cuchilla, pero dobló la de al lado.

Brigitte suspiró y se acercó al teléfono.

—¿Hola, Dot? —dijo después de marcar. En Pote Seco no necesitabas guía telefónica porque todos los números empezaban con las tres mismas cifras, así que sólo debías recordar las cuatro siguientes. Las de Dot eran 9876, fácil—. ¿Podemos acercarnos para una pequeña reparación? Necesitamos que nos prestes las pinzas de punta fina.

Lucky y Miles miraban a Brigitte, que con una mano sostenía el teléfono y con la otra indicaba la finura del extremo de las pinzas, aunque Dot no pudiera verla.

—¿Tienes un momento? —le dijo a Dot—. Vale, sí, en seguida llego. —Colgó el teléfono—. Lucky, voy a envolver un trozo de *clafouti* para Dot. ¿Puedes buscar las llaves del jeep? Creo que están en mi escritorio. Te dejaremos en casa de camino, Miles.

Cuando Lucky se dirigía al dormitorio de Brigitte, Miles empezó a emitir de nuevo ruidos de neumáticos chirriantes.

Las llaves no estaban en la mesa. Lucky buscó por toda la habitación.

—¡No las encuentro! —le gritó a Brigitte.

Lucky abrió el cajón. Tijeras, cinta métrica, sellos, lápices, gomas elásticas. De llaves, ni rastro. Cerró el cajón y vio la maleta de Brigitte en una silla, junto a la mesa. Estaba tapada, pero con la cremallera sin cerrar.

—¡Déjalo, Lucky! —gritó Brigitte—. ¡Están aquí!

Lucky tuvo un mal presentimiento al descubrir allí aquella maleta que siempre había estado en el fondo del armario.

—¿Vienes a casa de Dot, Lucky?

Lucky miró atónita la maleta.

—No —contestó. Dejó de mirarla y se acercó al umbral de la cocina—. Me quedo... Así acabo mi trabajo de las hormigas.

—En realidad, deberías irte ya a la cama —dijo Brigitte—. Mañana hay colegio. Yo volveré en seguida.

Miles siguió haciendo chirridos de neumático hasta llegar al jeep.

Lucky fue directa a la maleta, algo más grande y más honda que una bolsa de mano. Brigitte había llegado desde Francia con aquella maletita, pensando que iba a quedarse poco tiempo: hasta encontrar una familia de acogida para Lucky. Quizá sólo trajo una muda. Ahora disponía de un montón de conjuntos de algodón de la tienda de segunda mano, y Lucky sabía que le gustaban porque eran sueltos y frescos, y porque, según decía, la hacían sentirse californiana. Además tenía el jeep y las tres caravanas y el ordenador portátil que el padre de Lucky le había regalado. Además tenía a Lucky.

Era la primera vez que la niña veía la maleta en dos años.

Levantó la tapa. No había ropa; tan sólo una pila de papeles y, encima, algo muy valioso que solía estar en una caja de seguridad del banco de Sierra City.

El pasaporte de Brigitte.

Lucky no lo tocó ni miró los demás papeles. En cualquier otra ocasión los habría examinado atentamente, pero con ver el pasaporte le bastó. La gente sólo necesita el pasaporte para viajar de un país a otro. Ahora sabía lo que se avecinaba.

Volvió caminando pesadamente a la caravana cocina, y comprendió de pronto que lo había hecho todo al revés. Pensaba que uno debía buscar su Poder Superior y que, al encontrarlo, sería capaz de entender el funcionamiento del mundo, el motivo por el que las personas se morían y el modo de evitar que pasaran cosas malas.

Pero ahora sabía que ése no era el orden lógico. En las reuniones de la gente anónima, había oído decir una y otra vez que la situación empeoraba y empeoraba y empeoraba antes de tocar fondo. Y que sólo después de tocar fondo lograban hacerse con el control de sus vidas. Y sólo entonces encontraban su Poder Superior.

Y la segunda parte de encontrar tu Poder Superior era que debías hacer un inventario moral profundo y valiente de ti mismo. Pero Lucky se sentía demasiado furiosa para hacer un inventario moral profundo y valiente de sí misma. Estaba demasiado desesperada. Ya lo haría después. Ahora acababa de comprobar que Brigitte pensaba volver a Francia.

Eso la hizo tocar fondo.

Los anónimos luchaban con el paso que venía a continuación, el que les permitía controlar la propia vida. Lucky aporreó la mesa de formica con los puños, lo que provocó que *HMS Beagle* se levantara de un salto y la mirara con aire de preocupación. Es casi imposible controlar tu vida cuando sólo tienes diez años. Los que la controlan son otros, los adultos, porque pueden abandonarte.

Pueden morir, como la madre de Lucky.

Pueden decidir que ni siquiera te quieren, como el padre de Lucky.

Y pueden volver a Francia tan de repente y abandonarte con tanta facilidad como Brigitte. Y llevar siempre contigo tu kit de supervivencia no te garantiza que vayas a sobrevivir. Ningún kit del mundo puede protegerte de todas las cosas malas.

—Pero no hay que perder la esperanza —le dijo a *HMS Beagle* con voz serena, porque no quería que la perrita se preocupara. *Beag* se tranquilizó un poco y se sentó, pero sin quitarle ojo de encima, por si acaso.

—Se me ha ocurrido algo —le dijo Lucky despacio, sacando sus pensamientos del profundo pozo donde tocaban fondo—. Se me ha ocurrido algo para poder hacernos con el control de nuestras vidas. Da un poco de miedo, pero podríamos escaparnos. —Lucky miró intensamente a *HMS Beagle* para ver si estaba dispuesta a escaparse.

Lo estaba.

Capítulo 13 ∽
Bisous

COMO BRIGITTE Y SU MADRE no hacían más que mandarse *bisous*, es decir, besos, cuando hablaban por teléfono, Lucky se figuraba que los franceses se besaban más de lo normal.

Otra cosa que Brigitte siempre hacía antes de que Lucky se acostara era entrar en su caravana lata de jamón y sentarse en la cama pegada a la pared para que Lucky se sentara a su vez en su regazo. Luego Brigitte la abrazaba con fuerza desde atrás y apoyaba su mejilla contra la de Lucky y, al hablar, le daba golpecitos en el hombro con el mentón.

Aunque sentarse en el regazo de otra persona era infantil, Lucky no tenía nada que objetar a que Brigitte la abrazara en privado. Le gustaba tener su cara junto a la de ella y oler su aroma a pelo limpio. En esas ocasiones sabía que había algunas cosas de su labor como tutora con las que Brigitte disfrutaba un montón, y que abrazarla era una de ellas, y eso lograba que el corazón de Lucky se llenara de moléculas de esperanza y las bombeara por todas sus venas.

Por eso aquella noche, cuando Brigitte volvió a casa con su picadora de perejil como nueva, Lucky se cepilló los dientes, se puso su camisón corto de verano y esperó. Pero Brigitte no fue. Lucky entró en la caravana cocina.

Brigitte estaba sentada a la mesa de formica con las piernas cruzadas sobre el banco, una mano bajo la barbilla y otra pulsando el ratón. Cerca del portátil había un folleto. Lucky metió la cabeza en el minúsculo congelador, que contenía dos bandejas de cubitos en miniatura, un cuenco con más cubitos y una bandeja de uvas congeladas, y dijo:

—Me voy a la cama.

Sin volver la cabeza, Brigitte contestó:

—Lucky, por favor, cierra el congelador. Estoy con mi lección.

—¿Qué lección? —preguntó Lucky, pensando lo raro que era estudiar cuando ya no se iba al colegio. Su trabajo de *El ciclo vital de la hormiga* estaba listo para entregarlo al día siguiente, aunque las hormigas pegadas en la última página no harían sonreír a la señorita McBeam por su pulcritud. Agarró un cubito de hielo del cuenco, tomó una profunda aspiración de aire frío y cerró el congelador.

—Lucky, *ma puce* —dijo Brigitte escrutando primero la pantalla y después el folleto—. Tienes que dejarme terminar esto sin interrumpirme.

—¿Se puede saber por qué me llamas tu pulga? —dijo

Lucky frotándose el cubito contra la frente y las mejillas—.
¿Es que te muerdo y te chupo la sangre o qué?

—¡Oh, la la, la LA, la LA, la LA!

Cuando Brigitte estaba un poco mosqueada, como la vez
en que Lucky apretó el tubo de mostaza sin querer y lo vació
casi por completo, chasqueaba la lengua y decía: «¡Oh, la la!».
Cuando estaba disgustada, como la vez en que Lucky derramó
la gelatina en polvo por el suelo y entraron como un trillón de
hormigas por la noche, Brigitte decía: «¡Oh, la la, la LA, la
LA!». Y cuando estaba realmente enfadada, como cuando el
cheque mensual llegaba tarde, Brigitte decía: «¡Oh, la la, la
LA, la LA, la LA!».

Lucky siguió adelante, aunque los cuatro «laLÁS» la habían puesto bastante nerviosa.

—¿Es porque te molesto y te doy picores? ¿Te salen ha-
bones?

Frotándose la nuca con el hielo, Lucky se acercó a Brigitte.

Ésta cerró de golpe la tapa del portátil y se levantó, blo-
queándole a Lucky la visión del folleto.

—Lucky, no puedo pensar si dices tantas *bêtises...*, ton-
terías.

Brigitte descolgó de la pared la pala matamoscas de gas-
tada tela metálica y la estampó contra el borde de la mesa.
Una mosca alzó el vuelo desde el mismo lugar y describió
círculos sobre sus cabezas. Brigitte intentó aplastarla contra
el aire.

—¡*Musca* estúpida! —exclamó—. ¡Siempre se escapa!

Volvió a colgar el matamoscas.

Pensando que una madre de verdad no hubiera sido nunca tan mala y que una madre de verdad hubiera compartido todos sus secretos, sobre todo el de las misteriosas lecciones y el del pasaporte, Lucky descolgó el matamoscas, esperó a que la mosca aterrizara, la cubrió con suavidad y la encerró en su mano ahuecada, revoloteando. Abrió la puerta mosquitera y la lanzó a la calurosa noche.

Al colgar de nuevo el matamoscas, dijo con tono muy digno:

—Me voy; y, a propósito, se dice mosca, no *musca*.

—*Pfff*—dijo Brigitte encogiéndose de hombros y mirando de nuevo su portátil—. Ahora no puedo dejar estas lecciones, Lucky. Vete a la cama. Ya iré después. *Bisous*.

—*Pfff*—dijo Lucky echando un vistazo al folleto por encima del hombro de Brigitte. La parte de arriba estaba en francés, así que miró hacia abajo y leyó:

Curso de Gestión y Dirección de Restaurantes
con Diploma del
Instituto Culinario de Francia en París

Así fue como Lucky supo sin el menor género de duda que Brigitte planeaba volver a casa. Iba a obtener un diploma por Internet en una escuela francesa para llevar un restaurante. Eso explicaba todas las veces que le había dicho lo mucho que deseaba trabajar. Brigitte siempre había querido regresar a Francia y llevar un restaurante.

Lucky se sentó en la cama sin dejar de darle vueltas al asunto. Lloró un poco y deseó que Brigitte entrara, no sólo para sentarse en su regazo y dejarse abrazar, sino para que viera la niña tan sola y desamparada que era, una huérfana cuya tutora no la abrazaba porque tenía mucho que hacer. En cuanto empezó a imaginar la impresionada y angustiada expresión de Brigitte cuando la viera llorar, Lucky lloró con más fuerza. *HMS Beagle*, que dormía sobre la alfombra redonda de al lado de su cama, saltó sobre la colcha y apoyó la cabeza sobre la almohada de Lucky.

—Pobre, pobre *HMS Beagle* —musitó Lucky—. Cuando Brigitte vuelva a Francia, tú tendrás que vivir con Sammy *el Bajito*, o con Miles y su abuela. No creo que en el orfanato de Los Ángeles admitan perros.

Abandonada y triste, Lucky se metió en la calurosa cama y retiró la sábana a patadas.

Se tumbó de espaldas, la almohada estaba tan caliente como si estuviera recién horneada; decidió escaparse en seguida. Si se escapaba, Brigitte tendría que llamar a la policía, y la policía se pondría en contacto con el padre de Lucky y le diría que tuviera una charla con Brigitte y le dijera que se esmerara más con su labor como tutora. A Lucky le gustaba pensar que al escaparse conseguiría que la gente hiciera cosas que de otro modo no haría.

Lucky decidió que la elección de Brigitte como tutora

había sido un tremendo error. Aunque hubiera ido a California para hacerse cargo de ella, era demasiado francesa y demasiado poco maternal. Debería haber recibido lecciones o haber leído algún manual sobre el trabajo que la esperaba. Si había cursos en Internet para dirigir restaurantes, debería haberlos para ser una buena tutora o incluso una buena madre biológica, que era una ocupación más importante que guisar. Lucky pensó que escribir ese manual sería un buen trabajo para ella cuando fuese adulta.

El manual se llamaría:

Curso de cómo criar a una niña
para tutoras y madres reales
con diploma

Cuando se escapara, todos estarían angustiados y deprimidos, y Miles la echaría muchísimo de menos. Al pensar lo muchísimo de menos que la echaría Miles, Lucky empezó a llorar a lágrima viva. ¡Y Lincoln! Quizá Lincoln se pondría tan triste que su cerebro dejaría de producir secreciones anudadoras. Las lágrimas se le deslizaron por los costados de la cara hasta llegarle a las orejas, lo que hizo que se encontrara rara. Necesitaba sonarse la nariz, pero prefirió aspirar con fuerza. Los mocos y las lágrimas que se tragó sabían a la mayor tristeza del mundo. Hasta los grillos cantaban con pena.

Lucky se secó la cara con la sábana y, poniéndose de lado, dio la vuelta a la húmeda almohada. Escapar requería una planificación cuidadosa. El kit de supervivencia ya lo tenía. Pensó en algunos objetos más que quería llevarse, aunque la mayoría de la gente no los hubiera considerado necesarios para sobrevivir. No era nada de comer ni de beber ni para protegerse ni para que te rescataran ni para no aburrirte. Eran cosas que el corazón de Lucky necesitaba para conservar la valentía y no flaquear.

Se marcharía a las antiguas cuevas-refugio de los mineros y se quedaría allí una semana, después ya decidiría qué hacer. Si ni los rescatadores ni la policía la encontraban, quizá entraría a hurtadillas en el pueblo un sábado por la mañana y se escondería bajo el porche de la Bisutería y Salón de Belleza de Dot para averiguar qué decían las señoras de su desaparición mientras las peinaban.

Lucky se colocó parte del pelo sobre la oreja para que no se le colara ningún bicho y, cuando estaba a punto de dormirse, oyó que Brigitte se acercaba de puntillas a su umbral.

—¿Estás dormida, Lucky? —susurró Brigitte.

Lucky fingió estarlo. Había dado a Brigitte la oportunidad de explicarse, pero ella tenía cosas más importantes que hacer. Era demasiado tarde. Lucky respiró profunda y lentamente, aspiró y espiró, y esperó a que Brigitte se alejara de puntillas, pero Brigitte debió de quedarse allí un buen rato, porque Lucky no la oyó marcharse antes de quedarse dormida de verdad.

Capítulo 14 ∞
La Primera Señal

LUCKY NO SABÍA QUE IBA a recibir Tres Señales indicándole que era el día perfecto para escapar. El lunes por la mañana estaba más decidida que nunca a poner en práctica su idea, y había recapacitado mucho; no se trataba de ningún capricho y no podía cometer errores. Le había dicho a *HMS Beagle* que saldrían en cuanto volviera de clase.

Tuvo que subir corriendo la colina, con su mochila de supervivencia golpeándole la espalda, para llegar a tiempo de tomar el autobús del colegio. Vio a Lincoln esperando al fondo del autobús y a Miles acercarse dando brincos desde su casa (acababa de aprender a brincar). Al volante, con el codo apoyado en la ventanilla, Sandi, la conductora, fulminó con la mirada a Lucky. Consultó su reloj y meneó la cabeza. Los gases del tubo de escape sofocaron el fresco aroma de la flamante mañana.

—¡Date prisa, Miles! —gritó Lucky mientras esperaba

jadeando en la puerta delantera del autobús—. Ya viene —le dijo a Sandi, que meneó la cabeza de nuevo.

—Nos quedan ochenta kilómetros antes de que suene la campanilla —dijo Sandi como de costumbre—, y no pienso esperar.

—Sólo tiene cinco años —dijo Lucky.

Sandi puso el intermitente y comprobó los retrovisores.

—Aquí está —dijo Lucky, y agarró la bolsa de plástico de Miles para que subiera los dos altos escalones con la mayor rapidez posible.

—No me ayudes, Lucky —dijo él—. Puedo solo.

—Nos vamos —dijo Sandi.

—¿Has visto cómo salto? —preguntó Miles a Sandi—. He bajado toda la colina dando saltos.

—Pasad al fondo —dijo Sandi, quien no quería niños sentados lo bastante cerca de ella como para hablarle.

Lucky siguió a Miles a través de sesenta asientos vacíos, hasta el último asiento corrido, donde Lincoln anudaba un trozo de cordel amarillo.

—¿Has visto cómo salto? —preguntó Miles a Lincoln.

—No —contestó Lincoln observando su nudo con el ceño fruncido.

Lucky echó un vistazo por la ventanilla trasera. *HMS Beagle* estaba de pie mirando el autobús, después dio media vuelta y trotó hacia casa. La estaría esperando cuando el autobús regresara a las cinco menos diez, como hacía a diario.

Miles se sentó al lado de la ventanilla, sacó *¿Eres tú mi*

madre? de la bolsa de plástico y lo sostuvo sobre el regazo. Mostraba una costra casi curada en una de las rodillas y un arañazo reciente en la otra. Una de sus zapatillas deportivas tenía un agujero por el que asomaba el meñique. El sol que entraba por la ventanilla se reflejó en su pelo cobrizo, apelmazado a uno de los lados.

El autobús salió del valle y giró para enfilar la carretera que conducía a Sierra City. Miles limpió la polvorienta ventanilla con la mano, se frotó la mano contra el pantalón y señaló el bosque de árboles de Josué.

—¿Ésa es la carretera adoptada de Sammy? —preguntó.

—Todavía no. Espera, es esa señal pequeña que viene ahora —dijo Lucky. La señal pasó como una flecha:

ADOPTA UNA CARRETERA
SAMMY DESOTO

Adoptar una carretera no era como adoptar un niño. Lucky planeaba adoptar siete u ocho carreteras cuando llegara a la edad necesaria, si tenía tiempo. Significaba que debías cuidar cierto trozo de carretera recogiendo semanalmente la basura. Te daban un chaleco naranja oficial, un casco y bolsas de basura especiales, y además ponían una señal con tu nombre en la carretera para que la gente la admirara al pasar.

—¿Era ésa? Sandi debería parar para que pudiéramos leerla —se quejó Miles—. Algunos tardamos más en acertar las palabras.

Lucky y Lincoln cruzaron una mirada divertida a espaldas de Miles. Lucky pensó que aquello era una señal. El modo en que ella y Lincoln habían entendido lo que pensaba el otro.

—No puede parar porque llegaríamos tarde al colegio —dijo Lincoln—. Pero mira lo limpia que está por aquí la carretera. Sammy *el Bajito* la deja así.

—¿Y lleva su chaleco naranja?

—Claro.

Miles empezó a croar como una rana. Lincoln se puso de inmediato sus auriculares. No tenía a qué enchufarlos, pero Lucky se figuró que con ellos puestos se concentraba mejor en sus nudos. Por fin, cuando Lucky no pudo soportar más cantares de rana, le contó a Miles que los árboles de Josué estaban jugando a las estatuas, y que cuando creían que no los mirabas, cambiaban sus extrañas posturas.

—Si los miras fijamente y muy callado, verás cómo se mueven —dijo.

Miles apoyó la frente en la ventanilla y miró fijamente al exterior durante unos tres minutos. Luego preguntó:

—¿Lucky?

—¿Qué?

—¿Te sobra alguna galleta de higo?

—Ay, Miles —dijo ella, y sacó una de su mochila—. ¿Tu abuela no te peina nunca?

—A veces —contestó Miles. Después pateó suavemente el asiento delantero mientras daba minúsculos mordiscos a su galleta.

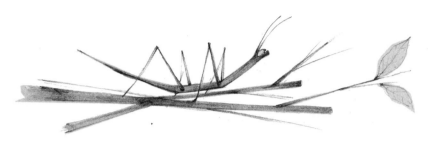

Capítulo 15 ∽
La Segunda Señal y la Tercera

LUCKY ESTUVO NERVIOSA e impaciente durante todo el día. La señora McBeam leyó un libro corto a quinto curso sobre Charles Darwin, el científico al que Lucky tanto admiraba. Resultaba asombroso cuánto se parecía a ella. Por ejemplo, en el libro, Darwin encontraba dos interesantes escarabajos. Sólo disponía de las manos para capturarlos, así que agarraba un escarabajo con cada una. Entonces —y eso era lo mejor— encontraba un tercer escarabajo interesante y ¡se lo guardaba en la boca! Eso era exactamente lo mismo que hubiera hecho Lucky, de no haber llevado lo que siempre llevaba encima, su mochila de supervivencia repleta de cajas para especímenes.

Después, la señora McBeam les enseñó fotos de osos polares sobre la nieve y les explicó que Charles Darwin dedujo que los animales sobrevivían gracias a su adaptación al entorno. Los osos polares son blancos como la nieve para que sus presas no los distingan cuando se acercan a cazarlas (y también para escapar de otros animales o de la gente que quiera cazarlos a ellos). Lo mismo ocurre con los insectos que se asemejan a las plantas que comen para no atraer la atención de los pájaros a los que sirven de alimento, según dijo la señorita McBeam.

En aquel preciso momento, Lucky miró sus brazos de color arenoso ¡y se dio cuenta, por fin, de por qué su pelo, sus ojos y su piel eran del mismo color! Charles Darwin tenía toda la razón. Era como los lagartos y los crótalos cornudos: su tono era exacto al de la arena. Tampoco desentonaba.

Ella, Lucky, estaba totalmente adaptada a su entorno, el desierto de Mojave septentrional: la uniformidad de su colorido era perfecta. Aquélla era la Segunda Señal, tan significativa y emocionante como la Primera, la del cruce secreto de miradas del autobús.

Justo después de comer, cuando Lucky pensaba que iba a ser incapaz de esperar a que llegara el autobús de las cuatro menos diez para llevarla de vuelta a casa, la directora entró en la clase cuatro. Lucky se inclinó hacia adelante en su asiento para observar a la señora Baum-Izzart, que estaba embarazada de ocho meses y vestía pantalones negros y una entallada camisa de flores que dejaba ver la forma exacta de su embarazado abdomen. La señora Baum-Izzart sonrió a la señorita McBeam y a los alumnos de quinto curso. Puso ambas manos sobre la camisa, sujetándose los costados de la tripa. Lucky notó que había unas marcas algo más oscuras donde la señora Baum-Izzart apoyaba las manos, equivalentes a las de los pantalones de Miles. Se figuró que la señora Baum-Izzart pasaba mucho tiempo palpando la interesante redondez de su barriga.

Una parte de Lucky deseó que la directora tuviera su bebé de repente, allí mismo, para poder verlo. Quizá Lucky incluso pudiera ayudar de una manera decisiva; por ejemplo, si se necesitara aceite de parafina, ella proporcionaría un poco en el último momento.

En vez de ponerse a dar a luz, la señora Baum-Izzart dijo:

—Se está formando una tormenta de polvo en el lago seco. Estamos enviando a casa a los niños de las zonas que atravesará. Quiero que los que toméis el autobús para volver a casa salgáis ahora mismo. Andando, por favor, sin correr.

Los niños que vivían en Sierra City rezongaron porque debían quedarse hasta que acabara el colegio. Pero para Lucky fue la Tercera Señal de que, de todos los días posibles para escapar, aquél era el día perfecto.

—...vientos de noventa kilómetros por hora en las zonas altas del desierto... —decía la voz minúscula del locutor de radio mientras Lucky subía al autobús—... las caravanas y los remolques deben evitar la 395 debido a los fuertes vientos.

Sandi giró la cabeza para indicarle a Lucky que pasara rápido al fondo, cosa que Lucky sabía porque Sandi llevaba siendo su conductora desde preescolar.

Miles y Lincoln la siguieron por el pasillo, hasta llegar detrás de algunos niños que bajaban en Talc Town; entonces, Sandi arrancó. A Lucky no solían gustarle las tormentas de arena porque tenías que quedarte en casa y cerrar todas las ventanas, hiciera el calor que hiciese. El polvo se colaba de todas formas y, cuando la tormenta se acababa, ella y Brigitte tenían que pasar la aspiradora y limpiarlo todo. Brigitte siempre decía que el diablo abría su puerta trasera y dejaba que el polvo entero del infierno se colara en la caravana cocina.

Pero aquel día a Lucky le encantaba la tormenta de polvo. Gracias a ella llegaría antes a casa y tendría más tiempo para escaparse antes del anochecer.

—Lucky —dijo Miles al arrojar su bolsa de plástico sobre el asiento—. ¿Cuándo va a tener su niño la señora Baum-Izzart?

—Muy pronto —contestó Lucky—. Dentro de unas tres semanas.

—¿Se habrá acabado la tormenta para entonces?

Lucky chasqueó la lengua y puso los ojos en blanco.

—Pues claro que sí.

—¿Y el burrito de *Chesterfield*?

—¿Qué pasa con él?

—Que... ¿adónde van a ir *Chesterfield* y su burrito durante la tormenta?

—Ah, pues seguramente a las cuevas; allí estarán cómodos y protegidos. Esperarán allí hasta que se acabe —dijo Lucky.

—Mi abuela dice que en una tormenta de polvo te puedes morir —dijo Miles.

—Pero *Chesterfield* y su burrito no.

Lucky miró detenidamente por la ventanilla. El cielo estaba de un color marrón amarillento y parecía más bajo, como una inmensa manta sucia. Había oscurecido, porque el espeso polvo impedía el paso de la luz. Lucky se volvió hacia Miles, que la observaba preocupado, y dijo:

—Los burros se ayudan entre sí. Pegan la cabeza a la cola del otro, y la cola del de delante espanta las moscas de la cara del de atrás. Además, tienen largas pestañas que les protegen los ojos. *Chesterfield* está totalmente adaptado a su hábitat del desierto. ¿Quieres que te hable de los hábitats?

—No —contestó Miles, y abrió *¿Eres tú mi madre?* Pasó las páginas despacio, leyendo en voz alta y de memoria su pequeño y sucio índice siguiendo con más o menos precisión las palabras.

Lincoln miró a Lucky y puso los ojos en blanco, lo que ella consideró como la Segunda Parte de la Primera Señal. Supo que él quería decir que oír a Miles recitar de nuevo *¿Eres tú mi madre?*, después de habérselo oído ocho mil veces en los trayectos de autobús, era insoportablemente aburrido. Lincoln se puso los auriculares y sacó un trozo de cuerda.

Aunque Lucky se sintió tentada de contarle a Lincoln su decisión de escaparse, la válvula que custodiaba los secretos de su corazón estaba cerrada a cal y canto. A su corazón le hubiera gustado compartir el asunto con Lincoln, pero si Lincoln se enteraba, podía estropearse todo. Eso mantuvo cerrada la válvula, y Lucky se reservó para sí su peligroso secreto.

Capítulo 16 ⚭
Los preparativos de la escapada

EL PLAN ORIGINAL de Lucky consistía en fingir que iba a su trabajo en el Centro de Información y Museo de Móviles Sonoros de Objetos Encontrados justo después de clase en vez de a última hora de la tarde, como era habitual, y escaparse entonces. Sin embargo, como el autobús llegó horas antes de lo previsto y Lucky vio el jeep de Brigitte y el Cadillac de Sammy *el Bajito* aparcados en casa del Capitán, decidió fugarse de inmediato. Brigitte no la echaría de menos hasta mucho después. Pero debía pasar por casa para hacerse con unas cuantas cosas imprescindibles.

Aunque el autobús había regresado antes de lo habitual, *HMS Beagle* la estaba esperando en el sitio de costumbre. Hacía demasiado viento para que Lucky le explicara lo de las Tres Señales, y, en cualquier caso, tenían que estar pendientes de las cosas que volaban a su alrededor, como arbustos secos y trozos de basura. Lucky sabía que la fuerza del viento podía arrancar los tejados de las casas, y que era fácil perderse porque el sol quedaba oculto. Del suelo se levantaban diminutos tornados de arena, como si gente en miniatura tirara puñados al aire. Una lámina de hojalata dio golpetazos en un tejado y el viento inclinó los tamariscos.

Lucky extendió una toalla sobre la cama, al lado de la mochila donde llevaba el kit de supervivencia. La mochila estaba casi lista, pero volvió a revisarla para comprobarlo. Metidos a presión en su interior había:

- cajas de pastillas de menta vacías para recoger especímenes, gorroneadas de los desperdicios de los ex fumadores, y una lata grande para el agua de *HMS Beagle*
- quitaesmalte y bolas de algodón
- aceite de parafina para dar brillo a las cejas
- manta de supervivencia (una especie de papel de aluminio muy fuerte doblado en un cuadrado pequeño), no del tipo confortable, sino de las brillantes para que un helicóptero de rescate pudiera verla. Además, si sabes cómo, puedes usarla para recoger gotas de agua y no morirte de sed. Lucky ya imaginaría cómo hacerlo llegado el caso
- *Doce pasos y doce tradiciones*, tomado en préstamo para estudiar más sobre cómo encontrar tu Poder Superior
- lápiz y cuaderno para describir especímenes

- sobres de kétchup de McDonald's
- lata de alubias
- el nudo redondo de diez hilos
- un cepillo de dientes nuevo de la clínica de Sierra City, en su envase original, porque si se empezaba a descorazonar —«descorazonar» era una palabra triste y exquisita que encantaba a Lucky— sacaría su flamante cepillo y se sentiría mejor
- medio tubo de dentífrico
- botella de agua y botella de Gatorade

El kit de supervivencia incluía todo lo necesario para no sentirse ni muy aburrido ni muy solo, que eran quizá los dos mayores peligros de escaparse.

Lucky puso su chaqueta y un rollo de papel higiénico sobre la toalla. Le hubiera gustado llevarse la almohada, pero abultaba demasiado.

En el frigorífico había encontrado dos huevos duros, cuatro zanahorias (a *HMS Beagle* le encantaban) y el queso del gobierno que, malo y todo, podía servirles a *HMS Beagle* y a ella si empezaban a morirse de hambre; llevaba además galletas de higo, una caja de gelatina en polvo (en una bolsa de cierre hermético para protegerla de las hormigas) y, en otra bolsa, la comida seca de *HMS Beagle*.

Lucky miró a su alrededor.

Sobre la encimera estaba la picadora de perejil, como nueva después del arreglo de Dot.

Lucky la puso también sobre la toalla. Luego, de pronto, volvió a la cocina. Se estiró y bajó la urna que contenía los restos de su madre y sus lágrimas secas. La añadió al montón y enrolló con cuidado la toalla hasta conseguir un cilindro tirante y abultado que introdujo en la bolsa de plástico de una tienda de comestibles.

Lucky estaba a punto de iniciar su escapada cuando se percató de que nunca volvería al semicírculo de caravanas si sus rescatadores la llevaban directamente al orfanato de Los Ángeles. Por eso decidió entrar por última vez en la caravana de Brigitte. Cuando se dirigía hacia allí, oyó los toques de sirena de un remolcador que se acercaba cada vez más.

«¡Oh, la la, la La, la La, la La! —pensó—. ¡Si entra, no podré escaparme!»

—Vete, Miles —chilló—. ¡Estoy ocupada!

—Lucky, ¡la tormenta es muy muy fuerte! Todo el mundo se ha metido en casa del Capitán; dicen que nos vamos a quedar sin luz y sin teléfono. ¿Puedo entrar?

—¡No! ¡Vete!

—¿Por qué? ¡No haré ningún ruido! —Miles entró por su cuenta y se acercó a la mesa de formica dando brincos. Sacó *¿Eres tú mi madre?* de su bolsa de la tienda CompreMás. El lomo había sido reparado hacía poco con cinta adhesiva—. Mi abuelita me ha arreglado el libro.

Lucky no tenía tiempo para ser amable.

—Ese libro está hecho un asco —dijo—. Y ahora más.

Miles alisó la cinta adhesiva.

—Por dentro sigue estando bien —contestó—. ¿Me lo lees?

—Corta el rollo, Miles. Te lo sabes de memoria, y además es aburrido.

—¡No, no lo es! La parte de *Resoplas* es buena, y también lo es la parte del final, cuando encuentra a su madre.

—Ese pájaro es un mocoso idiota —dijo Lucky—. Ni siquiera sabe —Lucky tomó aire—, ¡ni siquiera se da cuenta de que su madre está en la cárcel!

Miles se quedó muy quieto, mirando el libro.

—No es verdad —dijo en un hilo de voz.

—¡Sí, sí lo es! Lo dice tu abuela. —Lucky se inclinó hacia adelante; su glándula maligna bombeaba enloquecida—. ¡Y yo tampoco soy tu madre! ¡No voy a cuidar de ti! ¡Así que vete a tu casa!

Miles alzó la vista y la miró con los ojos llenos de lágrimas. Tiró el libro al suelo, lo pateó y empezó a llorar a lágrima viva.

—¡No volveré nunca! —gritó, y salió corriendo hacia el salvaje viento marrón.

«Estupendo», pensó Lucky. Entonces, sin razón alguna, tuvo una ocurrencia explosiva. Fue a la caravana de Brigitte y abrió de golpe el armario. El olor perfumado de Brigitte salió flotando. Había chaquetas y un par de vestidos, y pilas de blusas y pantalones de hospital pulcramente doblados. En el extremo de la barra estaba el vestido de seda rojo, en una bolsa de plástico transparente de tintorería.

El vestido tenía el tacto de las plumas, casi demasiado ligero y sedoso para tocarlo. Lucky sintió deseos de lavarse las manos. Era una prenda que sólo podías llevar para algo muy importante, como ir a California para ser la tutora de alguien. La etiqueta decía: «La Fortune, Galleries Lafayette. Paris». Brigitte no se lo había vuelto a poner desde que llegó, pero Lucky aún recordaba su vistoso revoloteo danzarín.

Lucky se quitó de un tirón los pantalones y la camiseta y los dejó en el suelo. Se puso el vestido por la cabeza. El bajo le llegaba al borde de los calcetines. Le quedaba demasiado suelto para sentarle bien, pero el tacto sobre su piel era totalmente distinto al de la ropa normal. La transformaba en otra, en una persona bella y sofisticada que podía hacer un postre flambeado cuando quisiera. Su ropa habitual estaba descolorida por los muchos lavados y por el sol, pero el rojo de ese vestido era para los ojos lo mismo que el estruendo de un avión supersónico para los oídos, o que un chile jalapeño para la boca.

Se palpó a través de la tela y se retorció remedando la danza del vientre para sentir la seda contra su piel. Se sintió francesa y ligera, y deseó que Lincoln estuviera allí para verla. Aquello era tan raro en ella, ver de repente a Lincoln saliendo de ninguna parte, que escondió la visión en un lugar que no era su cerebro, para no tener que pensar en ella.

Lucky se extendió el filtro solar de Brigitte por manos, brazos, cara y cuello, cuidando de no manchar demasiado el vestido. En el exterior el vendaval se recrudecía y silbaba ruidosamente. Lucky rebuscó en la caja de herramientas de la cocina hasta encontrar la mascarilla que usaban cuando lijaban las curvadas paredes de madera del interior de las caravanas. Ya no pensaba con tanta concentración en el Proyecto de Escapada, porque ahora se había convertido en una persona tipo Brigitte.

El teléfono sonó. Quien llamaba era la abuela de Miles, la señora Prender.

—¡¿Está Miles ahí?! —gritó—. He visto que el autobús escolar volvía antes.

—No —dijo Lucky.

—Quiero que vuelva a casa: el viento está empeorando. ¿Le has visto?

—No —mintió Lucky.

—Bueno, pues si lo ves, que se quede ahí contigo y llámame para ir a buscarlo con el coche.

—De acuerdo, señora Prender —dijo, y colgó el teléfono.

Lucky consideró la posibilidad de birlarle el pasaporte a Brigitte, porque ése era otro modo de evitar que se marchara. Pero no era el mejor. Lo mejor sería que Brigitte tomara por sí misma la decisión de quedarse porque amaba a Lucky. Y para que Brigitte se diera cuenta de lo mucho que amaba a su pupila, la pupila tenía que escaparse. Entonces Brigitte se sentiría apenada y angustiada y abandonada, y eso haría que entendiera a la perfección lo que sentía Lucky.

El teléfono sonó de nuevo. Lucky le lanzó una mirada iracunda. No tenía tiempo para atender tropecientas mil llamadas. Esta vez era Lincoln. Ella apoyó una mano en su cadera de seda.

—Todo el mundo está buscando a Miles —dijo él.

—Estará donde Dot o en el Centro de Información y Museo de Móviles Sonoros de Objetos Encontrados.

—¿Tú crees...? ¡Hala!, se nos ha ido la luz. ¿A ti también?

—No. Oye, tengo que dejarte.

—Si ves a Miles, dile que su abuela lo está buscando.

Lucky sostuvo el auricular y percibió que Lincoln esperaba. Se dio cuenta de que quizá estaba hablando con él por última vez, a menos que dejaran llamar por teléfono a los huérfanos del orfanato de Los Ángeles, cosa que dudaba. Todos estaban preocupadísimos por Miles, cuando era ella quien se iba para siempre.

—Lincoln —dijo, y se estrujó el cerebro para averiguar lo que quería decir—. Eres... el mejor artista de los nudos que he conocido.

Lincoln guardó silencio, o porque le había dado un ataque de timidez o porque era otra Señal y se estaba figurando la verdad. Con mucha dulzura y mucha tristeza, Lucky colgó el teléfono.

Capítulo 17 ᗉ
HMS Beagle desobedece

UNA PARTE DE SU MENTE le decía a Lucky que, si se
escapaba, perdería su trabajo en el Centro de Información y
Museo de Móviles Sonoros de Objetos Encontrados. Ese preciso compartimento cerebral también se preocupaba por lo de
meterse en un buen lío y lo de ser enviada lejos.

Pero una hendidura que mangoneaba y gritaba más ar-
guyó que lo de escaparse estaba decidido. Ya había ideado
todos los planes, guardado todos los pertrechos, hecho todo el
trabajo duro. Sería un desperdicio abandonar ahora.

Entonces otra parte del cerebro de Lucky le recordó que
existía un nuevo problema: Miles. Debería estar ayudando a
buscarlo. Era culpa de ella que se hubiera perdido, aunque lo
cierto era que no tenía más remedio que librarse de él si quería escaparse. Porque esta particular escapada era su escapada.
Si Miles también se había escapado en vez de, por ejemplo,

esconderse bajo el porche trasero de Dot, sería como compartir la escapada, y Lucky no quería compartirla. Si había gloria, la quería toda. Y si había problemas, bueno, serían los problemas de la madre de Miles, el precio que pagaría por estar en la cárcel.

Lucky se puso la mascarilla para no pensar más y marcharse de una vez. Agarró con rapidez el libro de Miles y lo metió en la bolsa de plástico de la toalla enrollada. Luego se colocó las tiras de la mochila y saltó para centrarla sobre su espalda. Pesaba cuatrocientos kilos por lo menos.

Humedeció un paño de cocina y se lo envolvió en la cabeza, ciñéndolo con una cinta para el pelo de Brigitte. La cinta le sujetaba el paño en la parte superior de la cabeza y lo mantenía unido bajo la barbilla; después dio dos vueltas en su muñeca a las asas de la bolsa de plástico. Por fin, ella y *HMS Beagle* bajaron corriendo los escalones de la caravana.

El estruendo era terrible. El toldo se tensaba y se agitaba mientras el viento rugía; las caravanas crujían y se balanceaban sobre los bloques que las sostenían. El viento soplaba hacia el desierto, hacia donde Lucky se dirigía, así que al menos los empujaba por la espalda.

Con *HMS Beagle* trotando delante, cruzaron la frontera invisible del límite de Pote Seco y entraron en el terreno del Departamento de Gestión del Territorio, salieron del pueblo y se adentraron en el inmenso desierto de Mojave. Lucky pensó que menos mal que se había preparado tan bien, porque si no, le hubiera dado un poco de miedo.

Avanzaron con dificultad por la carretera de arena que conducía a las cuevas abandonadas de las colinas. Lucky sabía que debían avanzar sin salir de la carretera para no perderse. Aferró la bolsa de plástico, que se retorcía y tiraba de su muñeca como si quisiera alzar el vuelo. El paño de cocina ondulaba y le dificultaba la visión, pero estaba fresco y evitaba que le entrara demasiada arena en el pelo. Plantas arrancadas y viejos desperdicios pasaron a su lado como centellas.

Después de unos veinte minutos, Lucky sintió ganas de hacer pis. Salió de la carretera, atenta a las serpientes, los escorpiones y los cactus peligrosos, y, agachándose, se bajó las braguitas y se subió el vestido hasta la cintura. Puso un pie sobre las asas de la bolsa de plástico para impedir que volara.

Le resultaba difícil mantener el equilibrio con la mochila en la espalda, pero no quería quitársela y tener que volver a ponérsela sin silla ni cama donde apoyarla. Se dio cuenta de que el papel higiénico estaba envuelto en la toalla, dentro de la bolsa, y era imposible deshacerlo todo para sacarlo. Pero sólo para el pis no era necesario: bastaba con quedarse en cuclillas y el viento lo secaría todo en un santiamén. Pero después tendría que organizar mejor sus cosas para poner el papel higiénico más a mano.

Cuando se irguió tambaleándose y tirando de las braguitas al mismo tiempo, el peso de la mochila pareció inclinarse, Lucky perdió el equilibrio y cayó hacia adelante. El contenido de la mochila crujió y algo se hizo puré contra su columna. Se sintió invadida por el desaliento, como si la palabra misma se hubiera partido en dos: *des* y *aliento*. Cada vez le costaba más no perder el ánimo.

Se puso a cuatro patas y permaneció así un momento, jadeando en su mascarilla. Duras piedras se le clavaron en las rodillas, a través de la seda, y le pellizcaron las palmas de las manos. Nadie sabía dónde estaba, y a nadie le importaba. Era tan sólo una mota de polvo sobre la faz de la Tierra. Lucky no tenía fuerzas para volver a levantarse, y entonces *HMS Beagle* se alejó brincando por la carretera.

«Hasta mi perrita me abandona», pensó Lucky, pero, con gran esfuerzo, se levantó sin soltar la bolsa de plástico y se abrió camino de nuevo.

Lucky había tomado la técnica para perseverar de la gente anónima de los doce pasos, cuyo eslogan es: «Día a día». Si piensas en que debes prescindir de un mal hábito un día tras otro durante el resto de tu vida no podrás soportarlo porque te resultará abrumador, y acabarás por rendirte. Pero si cada día te propones aguantar un solo día y no te preocupas por el siguiente, lo consigues. Lucky aplicó la idea del «Día a día» y puso un pie delante del otro sin darle vueltas a lo que ocurriría después. Sabía que podría dar un paso y luego otro y otro más mientras pensara: «Paso a paso».

Pero el viento era un enemigo terriblemente poderoso. A veces la empujaba por detrás con tanta fuerza que parecía que iba a derribarla. Al cabo de un rato, algo enorme que resultó ser la mayor parte de una lavadora pasó volando a su lado, y vio que una sábana y un almohadón, arrancados quizá de un tendedero, se deslizaban majestuosamente hacia el desierto.

Cuando *HMS Beagle* dio un repentino giro en la carretera para olfatear un montón de harapos, Lucky no se detuvo. Siguió adelante, segura de que las cuevas estaban cerca, por más que viera más bien poco mirara hacia donde mirara. Las cuevas las resguardarían del viento. Al poco rato miró hacia atrás a través de la polvareda. *HMS Beagle* se había sentado junto a los harapos.

—¡Ven, *HMS Beagle*! —gritó Lucky, pero el viento acalló sus palabras. Lucky hizo señas a *Beag* con el brazo libre. Pero la perrita siguió sentada.

Entristecida, Lucky se dio la vuelta y siguió andando. ¡*HMS Beagle* iba a dejarla sola, por supuesto! ¿Qué más podía pasar?

Cuando la carretera giró rodeando una colina suave, Lucky se desorientó. ¿Se trataba de un desvío que había olvidado? No recordaba que la carretera se curvara así, y eso provocó que su corazón empezara a bombear oleadas de pánico. El plan era escaparse, no perderse. Miró hacia atrás: nada excepto el espeso manto de polvo gris. Pero la colina de su derecha la resguardaba, así que, en vez de volver atrás, se quitó el paño de la cara para escrutar los alrededores.

A media ladera había un saliente: ¡las cuevas! Cinco agujeros irregulares del tamaño de puertas conducían a las poco profundas cuevas de la colina. Había andado mucho más de lo que creía. Al ver las cuevas se sintió casi como si hubiera vuelto a casa.

Subió tambaleándose al primer refugio, una cueva del tamaño de su caravana lata de jamón. En aquel lugar resguardado, Lucky dejó de ser presa del rugido y la tremenda fuerza del viento, y pudo al fin quitarse la mochila. Desenrolló la toalla en la entrada de la cueva y la dejó en el suelo como un mantel de picnic, sujetando las esquinas con piedras.

Ponerse un bello vestido francés de seda como traje de escapada había sido un gran acierto, aunque estuviera ya completamente cubierto de arena y polvo. Se colocó artísticamente sobre la toalla, a la manera de una reina de la belleza. Si Lincoln hubiera estado allí, le hubiera pedido que le enseñara a hacer un nudo tan fuerte que no pudiera deshacerse jamás.

Lucky enrolló en su chaqueta las cosas de la toalla. Se quitó la mascarilla y tomó un largo trago de Gatorade. El paño estaba ya totalmente seco y, al quitárselo, se encontró el pelo, las orejas, las comisuras de los párpados, las pestañas y las cejas llenos de arena.

Entonces empezó a angustiarse por *HMS Beagle*.

—¡*HMS Beagle*! —gritó—. ¡*Beag!*

Se imaginó a su perra encontrándose con un crótalo cornudo en medio de la carretera. O quizá la había dejado grogui una silla de jardín voladora. ¿Y si estaba en apuros? ¿Por qué otro motivo se hubiera quedado atrás?

Lucky estaba baldada y no soportaba la idea de volver

atrás en medio de la tormenta, pero se sentía sola y estaba preocupada, y la preocupación pesó más. Dejó allí la mochila y la bolsa de plástico, y corrió carretera abajo para buscar a su perrita.

Caminar de cara al viento resultaba mucho, pero que mucho más difícil, hasta sin mochila y sin la bolsa de provisiones. Lucky tenía que caminar encorvada, como una anciana, sin quitar sus entrecerrados ojos de la carretera. Sin mascarilla ni paño, su cara estaba completamente expuesta. Sólo distinguía unos cuantos metros más allá.

Estuvo a punto de tropezar con *HMS Beagle*, que se le acercó trotando con la cabeza gacha y las orejas despedidas hacia adelante. *Beag* tocó a Lucky con el hocico, se volvió con brusquedad y regresó dando saltos en dirección al pueblo. Quizá llevaba razón y debían regresar a casa. Lucky se detuvo.

—¡Eh, *Beag*! —chilló. Entonces, débilmente, oyó el quejido de un gato o algún otro animal y vio que *HMS Beagle* empujaba con suavidad el montón de harapos.

Con muchas precauciones, Lucky se aproximó a aquella cosa que estaba acurrucada en un bulto tirante. Parecía haberse enrollado en un mantel o una sábana. Del rollo salía una pequeña zapatilla deportiva, y por la zapatilla deportiva asomaba un dedo.

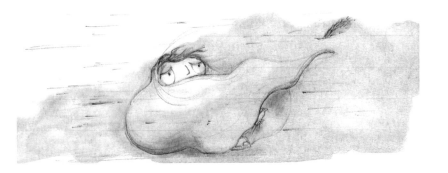

Capítulo 18 ❧
Cactus cholla

«MILES —pensó Lucky—. *Oh, la vache!*» No quería saber nada de él. Sintió ganas de dar media vuelta y regresar a la cueva. Miles iba a darle un montón de quebraderos de cabeza y lo estropearía todo. Él no la había visto, porque estaba totalmente enrollado en aquel mantel que debía de haber enganchado cuando pasaba volando a su lado, así que ni él ni nadie sabrían que ella había estado allí. Se volvió para marcharse y el viento la ayudó, empujándola hacia el refugio de la cueva. Pero cuando casi había llegado, supo que *HMS Beagle* llevaba razón. Esa perrita no tendría que hacer nunca un valiente y profundo inventario moral de sí misma. Lucky suspiró y se abrió camino a través del viento en dirección a Miles.

El niño apretó la cara, surcada de lágrimas, mocos y tierra, contra Lucky y le rodeó el cuello con los brazos.

—Yo esperaba que *Chesterfield* me encontrara, pero se me ha acercado un coyote y me ha resoplado.

—Era sólo *HMS Beagle* —dijo Lucky—. Las cuevas están cerca; vamos, rápido.

—No puedo. Tengo un cactus en el pie. ¡Me duele! —Miles empezó a llorar de nuevo.

Era un fragmento de cholla del tamaño de una pelota de golf; una docena de sus púas se habían clavado profundamente en el tobillo de Miles. Lucky no lo tocó. Por la vez que había pisado uno, sabía muy bien que es imposible sacar las púas con los dedos. Y también sabía que al clavarse producían una terrible quemazón.

—¿Dónde está tu zapatilla? —le dijo al oído. Él no le había soltado el cuello.

—¡No lo sé! La he perdido.

—Vale, mira. Te voy a llevar a caballito. Pero vas a tener que poner de tu parte: primero me sueltas y luego te subes a mi espalda.

—¡Por favor no me engañes y me dejes aquí, eh, Lucky!

—Te prometo que no te dejaré, Miles. Vamos.

Aunque había cargado muchas veces con su mochila de supervivencia, a Lucky le sorprendía lo pesado que resultaba un niño de cinco años. Subió por la colina dando tumbos hasta llegar a la cueva, con la impresión de que el día duraba semanas.

Lo peor era que no tenía pinzas para sacar la cholla. Aunque se hiciera un guante tosco, doblando una y otra vez el paño de cocina, aquellas púas del cactus duras como el acero traspasarían la tela y se le clavarían en la mano.

Lucky dejó a Miles sentado sobre la toalla con el pie desnudo apoyado en la otra pierna, para evitar que algo tocara el cactus y acentuara el dolor. El niño bebió Gatorade hasta acabar la botella. *HMS Beagle* pasó mucho tiempo lamiendo agua.

—He intentado quitármelo yo mismo —le dijo Miles a Lucky—, pero cuando lo tocas se clava en los dedos y duele mucho.

—Ya lo sé —dijo Lucky. Rebuscó entre sus provisiones y su kit de supervivencia. Había visto a Sammy *el Bajito* sacar un fragmento de cholla de una bota deslizando un tenedor entre las púas y el cuero y haciendo palanca.

Pero Lucky no disponía de un tenedor, ni siquiera de un peine, que también hubiera servido. Necesitaba algo dentado. Pero las cerdas del cepillo de dientes eran demasiado suaves.

—¿Lucky?

—Estoy pensando, Miles. ¿Qué quieres?

—Nada.

Lucky suspiró.

—Vale, ¿qué pasa? —dijo de un modo más amable y prestando mayor atención.

—No estás normal. Estás como... rara.

Lucky lo miró con cara de pocos amigos.

—Pero estás guapa y como... mayor.

Por ser de un solo color, Lucky no se consideraba una persona guapa. Se consideraba una persona altamente adaptada a su hábitat. Miró a Miles con los ojos entrecerrados para ver si tramaba algo, pero él parecía preocupado tan sólo por el cactus, y observaba las afiladas púas que sobresalían en todas direcciones y la docena de ellas que seguían clavadas en su tobillo. Lucky guardó el asunto de la lindeza en una hendidura cerebral segura, para pensar en ello más adelante.

De pronto, Miles dijo:

—¿Va a venir Brigitte a hacernos la cena?

—No, Miles. Nos hemos escapado.

—Yo no me he escapado.

Lucky lo dejó estar.

—Entonces ¿qué hace aquí su cosa para el perejil? —preguntó Miles.

—Es sólo un recuerdo, como cuando tú quieres recordar a alguien y...

Lucky se calló en mitad de la frase. Se le había ocurrido una idea espectacular. Sacó el artilugio de Brigitte del montón de las provisiones y abrió su pequeño cierre. Las dos partes se separaron: la parte con forma de embudo donde echabas el perejil y la parte con cuchillas y manivela.

Asió el empeine del pie de Miles con una mano.

—No te muevas —dijo. Introdujo con mucho cuidado las pequeñas cuchillas bajo la cholla y con un giro fuerte, seguro y repentino, extrajo todo el fragmento de cactus.

—¡Auu! —gritó Miles.

Todas las púas salieron. Lucky dio una patada a la cholla para alejarla y después la aplastó con una piedra.

—No es grave —dijo con profesionalidad mientras examinaba el pie de Miles—. Te dolerá un rato, así que tendrás que ser valiente.

—Lo seré —gimoteó él—. Yo no me he escapado a propósito, Lucky. Sólo estaba buscando a *Chesterfield*.

—No te preocupes. Tú no tendrás problemas —dijo Lucky, sin saber si realmente sería cierto.

Pero ahora ella tenía un problema muy importante del que preocuparse, y ese problema se llamaba Miles. Escaparse es una cosa; escaparse con un niño de cinco años y una sola zapatilla es mucho más complicado y terrorífico.

Capítulo 19 ∾
Huevos y alubias

LA TORMENTA DE ARENA parecía estar amainando por fin. Era menos ruidosa, y se veían trozos de cielo azul a través del polvo. Lucky deseó fervientemente que se alejara hacia el desierto, extendido ante ellos como un océano; desde el refugio de la cueva no veían otra cosa. Pote Seco quedaba por detrás, muy por detrás de ellos.

HMS Beagle alzó la cabeza con el hocico tembloroso porque Miles se había puesto a hacer el fu fuí, fu fuí, fu fuí de una codorniz. Lucky no le dijo que se callara. Estar con Miles requería mucha energía, y a ella le quedaba poca.

Miles guardó silencio de pronto, se tendió bocabajo sobre la toalla y empezó a sollozar quedamente. Lucky suspiró.

—A cenar —dijo con su brusca voz de enfermera. Como era de esperar, Miles se sentó y la miró interesado.

—Estoy lleno de arena por todas partes —anunció—. Hasta por debajo de la ropa. ¿Qué hay de cenar?

—De primero, huevos duros.

—Oh, oh. Los huevos sólo me gustan si lo blanco y lo amarillo están mezclados —explicó Miles—. ¿Podemos comer huevos revueltos?

—¿Ves alguna cocina por aquí? ¿Ves algún frigorífico con huevos crudos? ¿Ves alguna sartén para cocinar?

—No —dijo Miles con un hilo de voz—. ¿Hay salsa de carne? Me gusta para la cena.

—Alubias —dijo Lucky con el tono de «no me toques las narices» propio de Brigitte. Quería guardar las galletas de higo para una emergencia. Quizá Miles quisiera los huevos para desayunar.

Miles pió suavecito para sí mientras Lucky buscaba la lata, la cuchara y los sobres de kétchup. Estaba muy hambrienta y pensó en lo deliciosas que sabrían las alubias.

Pero se percató de un problema.

No tenían abrelatas.

—¿Qué pasa? —preguntó Miles.

—Nada. Tendremos que abrir nuestra lata como los antiguos mineros que se refugiaron hace mucho en esta cueva, ¿vale? —Aún no sabía cómo, y al ver la expresión de Miles, añadió—: Miles, ¿no te das cuenta de que estamos viviendo una gran aventura? Va a ser divertidísimo, pero tenemos que adaptarnos, como *Chesterfield* y los otros burros.

Miles seguía preocupado.

—No puedo escaparme de noche —explicó—. No me dejan.

Lucky decidió lidiar con aquello más tarde. Escudriñó la fría oscuridad de la cueva. Olía a tierra vieja, como Lucky imaginaba que olería una tumba; por eso nunca había explorado las cuevas y por eso no quería adentrarse en aquélla. No le gustaba ese olor, pero estaba demasiado oscuro para ver los rincones. Sobre un cajón de madera había un revoltijo de cachivaches.

Pendiente de las pegajosas y liadas telarañas que indicarían la presencia de viudas negras —nada que ver con la bella y nítida telaraña de Carlota, del libro de E. B. White—, Lucky buscó algo que pudiera usarse como abrelatas. Había un par de frascos y de botellas rellenos de arena, un rastrillo roto, un montón de cagarrutas de conejo y un destornillador oxidado.

Frotó el destornillador con arena para quitarle los gérmenes y la porquería de siglos y lo limpió con una esquina de la toalla. Lo sostuvo contra el borde de la tapa y golpeó el mango con una piedra hasta conseguir abrir un agujerito. Luego, sujetando la lata con los pies, desplazó ligeramente el destornillador e hizo otro agujero que agrandó el anterior. Tuvo que dar casi toda la vuelta antes de atreverse a levantar la cortante tapa.

—Muy bien, pues esto es lo que hacían los antiguos mineros —dijo por fin. Desgarró una esquina de un sobre de kétchup, metió la cuchara en la lata, puso un poco de kétchup encima y se comió las alubias—. ¡Ñam! —dijo con entusiasmo, para enseñarle a Miles la única y exclusiva respuesta que quería oír. Le pasó la cuchara y el sobre de kétchup.

Miles llenó la cuchara y se echó un buen chorro de kétchup en la mano, errando por completo el blanco. Luego, al tratar de lamerse la mano, tiró las alubias a la toalla.

—¿Los antiguos mineros no tenían platos? —preguntó.

—No. Lavarlos era un lío. —Lucky consideró un plan B y dijo—: Es mejor que primero te eches el kétchup sobre la lengua y luego te comas la cucharada de alubias; así se te mezclará todo en la boca. Prueba a ver qué tal.

Miles le hizo caso. Cuando rebañaron por turno el caldo de la lata, el chico tenía alubias y kétchup en el pelo y por toda la camiseta, pero no se cortó con la tapa ni se quejó. Al acabar, dijo que Lucky sabía cocinar casi tan bien como Sammy *el Bajito*.

Mientras *HMS Beagle* terminaba su comida e inspeccionaba el suelo en busca de bocados perdidos, Lucky pensaba que, teniendo en cuenta la horrenda tormenta, el fastidio y el problema de la aparición de Miles, el cactus cholla y la falta de abrelatas, la escapada había sido todo un éxito. Se sentía llena y responsable; y con el vestido de Brigitte, parecía mayor y hasta más bonita, quizá.

Fue entonces cuando sintió un revoloteo en la oreja y de manera automática se dio una cachetada. No se acordó de los especímenes, porque la sensación de tener algo en el oído te hace olvidar por completo a Charles Darwin.

El bicho se adentró por el canal auditivo. Lucky intentó sacárselo con un dedo pero no logró alcanzarlo, sino que llegó a un lugar profundo y desde allí envió un dolor agudo y punzante al cerebro de Lucky. Ella gritó y se puso en pie de un salto, con la cabeza ladeada.

—¡Se me ha metido algo en el oído! —aulló—. ¡Me está picando!

Capítulo 20 ✐
Un buen libro

EN EL FONDO, en un fondo nada científico, Lucky siempre había temido que se le colara un bicho por la oreja. Ésa era una de las razones por las que llevaba el pelo en plan seto de jardín tupido. Por la noche, si se acordaba, se ponía unos mechones sobre la oreja para que los bichos, desanimados, se marcharan diciendo: «¡Uf! ¡Cualquiera cruza ese matorral!».

Llevaba aceite de parafina en su kit de supervivencia sobre todo para dar brillo a sus cejas. Pero conocía otro uso para el aceite: ahogar bichos.

—¡Yo puedo sacártelo como tú me has sacado mi cactus! —gritó Miles—. ¡Déjame probar!

—¡No! ¡Dame la botella de plástico con aceite, corre! —Lucky mantuvo la cabeza ladeada con la esperanza de que el bicho cayera por acción de la gravedad, pero en lugar de ello, el bicho se adentró más. Lucky desconocía que pudiera sentirse tanto dolor.

Con aquel bicho en movimiento, picando lugares sensibles y delicados que nada hubiera debido tocar nunca, Lucky sentía un miedo atroz, cerval, un pánico enloquecedor. Los ruidos que hacía aquel insecto al escarbar y arañar le llenaban toda la cabeza y silenciaban los demás sonidos. Lucky asió la botella que le tendía Miles, se echó de lado en la toalla y apuntó al oído. Le cayó un chorro al pelo y al cuello, y Lucky empezó a llorar porque pensó que había desperdiciado todo el aceite. Pero aún quedaba un poco, y se lo echó con más cuidado en la abertura del oído.

Intentó librarse de la sensación de pánico recordando que el bicho acabaría ahogándose y que no había peligro de que el aceite se le filtrara a ella al cerebro. En una situación así hay que tener paciencia. Lo malo es herir al bicho en vez de matarlo, porque entonces no sale y tienes que ir al hospital, y el médico lo saca con un instrumento espantoso..., y Lucky no quería pensar en ese instrumento espantoso, ni en lo que se sentiría.

Miles hizo unos cuantos ruidos de ametralladora y cojeó colina abajo, pateando la arena con su única zapatilla. Lucky no se movió. Hay que esperar hasta que el bicho se ahogue en el aceite. No sabía si aquello estaría funcionando, porque seguía revoloteando y haciendo ruido.

—¡Me vuelvo, Lucky! —gritó Miles desde el pie de la pequeña colina—. ¡Traeré ayuda para que no te mueras por el bicho de tu cerebro!

Lucky luchó para no llorar.

—¡No, Miles! ¡Estoy bien! ¿No quieres ver cómo sale el bicho?

—¡No!

—¿No quieres una galleta de higo?

Silencio. Miles se lo estaba pensando.

—Mejor busco ayuda primero —dijo.

—¡Pero te necesito, Miles! ¡Necesito que me ayudes!

—¿Que te ayude a qué?

Cada vez pasaban más segundos entre los movimientos del bicho.

—A esperar. No puedo moverme y estoy muy aburrida. He traído un buen libro. ¿Me lo puedes leer, por favor?

—Todavía no sé cómo se leen bastantes palabras.

—Miles, sé que éste puedes leerlo. Vamos, sácalo de la bolsa de plástico.

Lucky sabía que Miles pensaba que trataba de engañarlo. Volvió al campamento muy despacio. Ella oyó cómo revolvía en la bolsa. El bicho se movía, pero sólo un poco.

—«Una madre pájaro está sentada sobre su huevo» —leyó Miles, y suspiró profundamente, con voz maravillada.

Cuando Miles acabó de leer *¿Eres tú mi madre?* Lucky decidió que ya podía volverse sin peligro para el otro lado y desaguar su oído.

—¿Saldrá sangre? —preguntó Miles.

—Lo dudo —dijo Lucky, aunque ella también se lo preguntaba.

La tormenta parecía haberse soplado a sí misma, y el sol se deslizaba hacia el borde de las lejanas montañas. Lucky cerró los ojos.

—¿Por qué está mi madre en la cárcel? —preguntó Miles de pronto.

—Cometió un error, Miles.

—Entonces ¿no está cuidando a su amiga de Florida?

—No. —Lucky sintió que le salía un chorrito de aceite. Sacudió la cabeza por si quedaba algo.

—Es mejor que esté en la cárcel —dijo Miles—, porque entonces es que no está lejos de mí a propósito.

Lucky no supo qué decir.

—Ya volverá cuando acabe de estar en la cárcel —añadió Miles—. ¿Se enfadará si le cuento que me escapé?

—Yo le diré lo valiente que fuiste con el cactus y cómo leíste para mí y todo lo demás —dijo Lucky.

Alzó la cabeza y examinó la toalla. Una polilla blanca diminuta, menor que una mosca, yacía en ella. Lucky se esperaba un escarabajo gigante. Sonrió, sin dolor alguno, y se sentó.

—Estará orgullosa de ti —dijo.

—¡Mira, Lucky! ¡Viene *Chesterfield*!

Ambos oyeron en el silencio los pasos que se acercaban. Pero no era un burro quien llegaba rodeando la colina. Era Lincoln.

Capítulo 21 ∞
Amazing Grace

EL CIELO SE TIÑÓ de rojo cuando el sol se hundió tras las montañas.

—¡Hola! —dijo Lincoln—. ¿Qué pasa?

—No mucho —contestó Lucky, colocándose bien la falda del vestido de Brigitte, como si aquél fuera un aburrido día normal. Se tocó el pelo; estaba lleno de arena, aceite de parafina y ramitas.

Lincoln sacó una cuerda y empezó a hacer un nudo.

—¡Estamos viviendo como los antiguos mineros! ¡Nos hemos escapado! —gritó Miles.

—Ya lo sé —dijo Lincoln—. Y los demás también. Os han buscado por todo el pueblo, y se han figurado que estaríais aquí. Seguro que aparecen dentro de nada.

—¿Están muy enfadados?

—Muy preocupados, creo. Sammy *el Bajito* no hacía más

que decirle a Brigitte que él se escapó muchas veces y que siempre volvía sano y salvo. Intentaba tranquilizarla, pero yo creo que era peor.

Miles preguntó:

—¿Cómo saben que estamos aquí?

Lincoln se encogió de hombros.

—La señora Prender nos dijo que no hacías más que hablar de un burro llamado *Chesterfield* que vivía en las cuevas —dijo.

Lucky suspiró.

—¿Te apetece un huevo? —le preguntó a Lincoln.

—Si está duro, sí.

Lucky pensó que era raro que ciertas cosas sin importancia salieran bien y que las importantes rara vez se arreglaran. Mientras la puesta de sol se apagaba y el cielo se oscurecía, ella y Lincoln comieron huevos, Miles consiguió su galleta de higo y *HMS Beagle* se liquidó una zanahoria. La sensación que daba el aire, suave y casi en calma, era algo que en condiciones normales apenas notabas. Pero ahora, tras la tormenta de polvo, era como un regalo especial, anónimo, considerado y amable.

Al cabo de un rato la luna llena se alzaba luminosa detrás de la colina. Lucky pensó que la gente de la Tierra era muy afortunada al tener esa luna. Podía haber sido raquítica como en otros planetas, lo que hubiera liado los océanos y las mareas.

O podía haber estado muy cerca o muy lejos. O podía haber habido dos o más lunas, y la vida hubiera sido distinta. Como científica y como mota de polvo en busca de su Poder Superior, Lucky estaba segura de que, con otra luna, hubieran estado peor.

Pensaba en que la mayoría de la gente no le daba importancia a la luna, en que apenas le prestaban atención, cuando Lincoln dijo:

—Bueno, ya llegan.

Había muchos vehículos traqueteando por la carretera de tierra: el viejo Cadillac de Sammy *el Bajito*, el jeep de Brigitte, la furgoneta de Dot, el Volkswagen de la señora Prender y la camioneta del Capitán, y algunos más que seguían su rastro de polvo. Todos los conductores iban despacio, gritando por las ventanillas:

—¡Lucky! ¡Miles! ¡Lucky! ¡Miles!

Pero Lucky no quería esconderse, y además Miles ya iba tambaleándose por la carretera, más contento que si hubiera ganado jugando al escondite. Ella se sentó en una roca y miró al desierto. Quizá pensaran que había secuestrado a Miles y la enviaran a una escuela para niñas malas de Los Ángeles, y, si lo hacían, se convertiría en una niña mala de verdad. Se imaginó en una habitación llena de camas, como en la cárcel, ocupadas por niñas malas. Le quitarían sus cajas de especímenes y su kit de supervivencia. En vez de ser una pupila con tutora propia, sería una pupila del Estado. Y en el regazo del Estado no te puedes sentar, y el Estado no te abraza por las noches. Lucky pensó que tal vez se muriera de pena, bajo una sábana gris, de cara a la pared.

Las puertas de los coches se cerraron y decenas de personas siguieron gritando y se dirigieron al campamento. El aire era tan cálido y la luna tan brillante que casi parecía de día, sólo que con más misterio. Lucky sacó algo de su bolsa de plástico y se escondió en las sombras de la cueva para atisbar desde allí.

Debía hacer algo importante antes de rendirse.

HMS Beagle corrió alegremente por todas partes celebrando cada llegada, incluyendo las de otros perros. Todo el mundo hablaba a la vez, formulando preguntas y abrazando a Miles. Desde el interior de la cueva daba la impresión de que el pueblo entero estuviera allí. Cuando Brigitte gritó su nombre, Lucky salió a la luz de la luna y, al mirar hacia abajo, vio que tanto la urna como su vestido reflejaban la luz.

—Gracias por venir al acto conmemorativo de mi madre —dijo Lucky con voz clara y firme, y todo el mundo dejó de hablar y se volvió hacia ella con expresión de sorpresa. Lucky vio que Brigitte tenía lágrimas en los ojos.

No estaba segura de lo que ocurriría a continuación, y entonces recordó lo que su padre —el hombre que a ella le pareció del crematorio— le había dicho. Había dicho que la decisión que tomara sería la correcta.

—Éstos son sus restos —prosiguió, apretando la urna

contra su pecho. El recuerdo de la suavidad del hombro de su madre la llenó de tristeza, pero Brigitte le dirigió una sonrisa y estrechó las manos bajo la barbilla, casi como si rezara.

Cuando Lucky abrió la tapa de la urna, Sammy *el Bajito* se aclaró la garganta y empezó a cantar *Amazing Grace*. La aguda voz de Dot se unió a la suya y poco después todos cantaban, las voces claras y resonantes en la noche quieta.

De pronto se levantó brisa, otro pequeño obsequio de la tormenta, como si, pensó Lucky, algún Poder Superior estuviera pendiente y supiera lo que necesitaban. Lucky caminó hasta el borde del círculo de gente y lanzó al aire las cenizas de su madre; y todos miraron, cantando, mientras la brisa las recogía y las llevaba hacia el desierto inmenso y acogedor.

Capítulo 22 ⌒

Bonne nuit

LUCKY SE PUSO su camisón de verano, que estaba viejo y un poco raído en las sisas, pero era fresco y tenía la suavidad californiana.

Brigitte se detuvo en la puerta.

—¿Lista? —preguntó, y se sentó en la cama de Lucky.

Lucky lo estaba. Su pelo seguía húmedo por la larga ducha que había borrado hasta el último rastro de arena, ramitas, aceite y polvo. Se subió al regazo de Brigitte, aunque se considerara ya mayor. Pero seguía cabiendo, y se inclinó hacia atrás mientras Brigitte la envolvía con sus brazos, como a un regalo. Lucky se sintió soñolienta y lánguida. Sus rodillas eran lo bastante huesudas para asemejarse a las de Brigitte, aunque las de Lucky fueran marrones y estuvieran cubiertas de costras y arañazos, y las de Brigitte fueran bellas y... Lucky buscó la palabra... femeninas. Desde el suelo, donde estaba tumbada, *HMS Beagle* tocó el pie desnudo de Lucky con el hocico.

—Entonces ¿habías puesto los documentos en la maleta para llevarlos al juez de Independence? —preguntó Lucky.

—Por supuesto, *ma puce*. Tenemos que enseñarle tu certificado de nacimiento y mi permiso de residencia en California y todo lo necesario para que yo pueda adoptarte.

—Y —Lucky se apretó contra Brigitte, sintiéndose como al final de un largo y azaroso viaje—, ¿y el curso de gestión de restaurantes era para abrir un café en Pote Seco?

—Sí, con un préstamo de tu padre. ¿Cómo pudiste pensar que me iba a Francia?

—Mmmm.

—Oh, Lucky —dijo Brigitte suspirando.

Un momento después, Lucky dijo:

—Brigitte, ¿qué es un escroto?

—Es un saquito del hombre o del animal macho que contiene el esperma con el que se hacen los bebés —dijo Brigitte con su voz grave y tranquila—. ¿Por qué lo preguntas?

—Es que lo he oído decir.

Por alguna razón desconocida, Brigitte dijo:

—Ya sabes que si alguien intenta hacerte daño alguna vez, le arranco el corazón.

—Ya lo sé —contestó Lucky. Y lo sabía. Las lágrimas se aglomeraron durante un segundo detrás de sus ojos y después se echaron atrás, a la espera de alguna ocasión más triste. Cierta hendidura de su cerebro se preguntó si habría alguna especie de embalse para almacenar las lágrimas, porque a veces había tantas que no dejaban de salir. Lucky echó la cabeza hacia atrás y aspiró el olor a filtro solar de Brigitte.

Encontró el fondo de su garganta preparado para dar las buenas noches y, en un adormilado y perfecto francés, dijo:

—*Bonne nuit*, Brigitte.

A través de su rizado seto de pelo, Lucky percibió la sonrisa en la mejilla de su tutora.

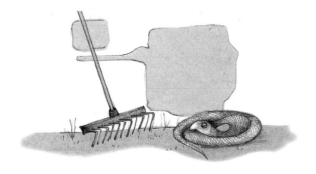

Capítulo 23 ∞
Algo después

LUCKY RASTRILLÓ EL PATIO del Centro de Información y Museo de Móviles Sonoros de Objetos Encontrados. Había mucha menos basura desde que Brigitte había abierto el Pote Seco Café. La gente iba antes y después de las reuniones de anónimos de los doce pasos para tomar un trozo de pastel de manzana o un sándwich de jamón y queso, que Brigitte escribía en la pizarra del menú como *tarte aux pommes* y *croque-monsieur*, y muy pronto los geólogos y los turistas y los vecinos del pueblo aprendieron a decir un montón de cosas en francés.

De vez en cuando, Brigitte sacaba una bandeja llamada «Degustación de excedentes» que preparaba con la comida gratuita del gobierno, y la gente se servía a discreción. Brigitte le añadía ajo y hierbas y especias para mejorar el sabor, y Lucky se encargaba de espolvorear el perejil.

Lucky retorció y ató la parte superior de la bolsa negra de basura y la arrojó al contenedor. Después estudió el sitio donde había estado el agujero del Centro de Información y Museo de Móviles Sonoros de Objetos Encontrados. Estaba taponado con masilla.

No pasaba el menor ruido.

Lucky había hecho un buen trabajo.

Agradecimientos

La autora está profundamente agradecida a las personas siguientes por su consejo, experiencia y apoyo:

- Mis amigos y colegas de la Biblioteca Pública de Los Ángeles. La BPLA ha sido mi segunda casa durante casi toda la vida, así como la máquina que ha mantenido mis constantes vitales. Su gente es la mejor del mundo.
- Priscilla (Moxom) White, cuyo valor e integridad no tienen parangón en este universo.
- Por su cuidadosa lectura del primer borrador, mi más profundo agradecimiento a Eva Cox, Nadia y Eva Mitnick, Erin Miskey y Georgia Chun.
- Dr. Steven Chun, por su inestimable consejo pediátrico.
- Patricia y David Leavengood, por su extraordinaria generosidad.
- Jean-Marie y Aglaë Chance, *nos très grands amis.*
- Suzanne Cuperly *et* Liliane Moussy, *chère belle-sœur.*

- Myriam Lemarchand, *qui m'a fait comprendre tant de choses*.
- Joe y Jody Bruce, cuyas historias pusieron ésta en marcha.
- Lindsey Philpott, de la Pacific Americas Branch del International Guild of Knot Tyers, por su crucial apoyo técnico, y al gremio en sí.
- Virginia Walter y Theresa Nelson, miembros como yo del DJ Fan Club. Y mi sincero agradecimiento para Amy Kellman, cuyo apoyo me hizo lanzar esta historia.
- Susan Cohen, mi representante amable, guasona y a prueba de protocolos.
- Richard Jackson, mi querido editor, por todo, pero especialmente por haber tenido tanta fe durante tanto tiempo.
- El clan Nortap: Sir Nigel, Beauregard y mi amado Ernie.

OTROS TÍTULOS DE LA COLECCIÓN

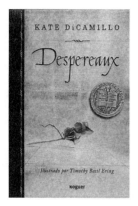

Desperaux

El libro de los monicacos

Un oso llamado Paddington

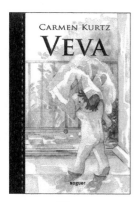

Veva

El diario de los mil días

La elefanta del mago